かくされた意味に
気がつけるか？
3分間ミステリー
表の顔と裏の顔

Can you notice the hidden meaning?
3 minutes mystery

黒史郎

目次 Contents

Can you notice the hidden meaning? 3 minutes mystery

Episode

ブラック派《は》

とある企業《きぎょう》のオフィスにて。

「先輩《せんぱい》、お疲《つか》れ様です。コーヒーいれましょうか？」

後輩《こうはい》の手には白いコーヒーカップがふたつ。

「ああ、わるいな。頼《たの》む」

「ミルクは入れます？」

「いや、入れないで」

「砂糖《さとう》はどうします？」

「入れない。なんにも入れないで」

コーヒーはいつも、なにも入れないブラックで飲むんだ。

そんなオレの前に出されたマグカップは——。

ブラックではなく、ホワイトだった。

○『ブラック派《は》』にかくされた意味

コーヒーにミルクも砂糖《さとう》も入れないものをブラックといいます。

その呼《よ》び名の通り、なにも入れていないコーヒーは真っ黒だからでしょう。

でも、ミルクも砂糖《さとう》も入れていないのに、先輩《せんぱい》のコーヒーカップは真っ白。

「なんにも入れないで」と言ったから、後輩《こうはい》はミルクや砂糖《さとう》どころか、コーヒーも入っていない空っぽのコーヒーカップを先輩《せんぱい》に出したのです。

さすがに、これは冗談《じょうだん》ですよね。

Episode

キャッチ！

チャリン！　ピロリン！

「ヨウシ、イッパイ取ルゾー」

「ガンバレ、ガンバレ」

「ムズカシイナー、モウ少シ、右カナー」

「ウーン、モット奥《おく》ジャナイ？」

「ヨシッ、ココダ！」

「ウン、場所ハイインジャナイ？　イケル、イケル！」

「イケー！　キャッチシロー！」

「ガンバレー！　ガッチリ、ツカメー！」

「……アアアアッ、落チタァ！」

「残念《ざんねん》！　ジャア、次ハボクネ！」

※

『――七時のニュースです。今日の午前六時ごろ、A《エー》市の牧場《ぼくじょう》から十五頭の牛がいなくなっているのにスタッフの男性《だんせい》が気づき、警察《けいさつ》に通報《つうほう》しました。牛舎《ぎゅうしゃ》の屋根が壊《こわ》されていたといい、何者かが外から侵入《しんにゅう》し、牛を盗《ぬす》んだとみて窃盗《せっとう》事件《じけん》として捜査《そうさ》しています。この地域《ちいき》では同様の事件《じけん》が今月に入って十件《けん》以上《いじょう》起きており、警察《けいさつ》は同一犯《はん》による犯行《はんこう》の可能《かのう》性《せい》もあると見ています』

○『キャッチ！』にかくされた意味

楽しそうですね。クレーンゲームで遊んでいるのでしょうか。

あのゲームって、取れそうに見えて、なかなか取れないんですよね。でも、クレーンゲームの景品《けいひん》はどれも魅力的《みりょくてき》なものばかりなので、ついチャリン、チャリンと小銭《こぜに》をつぎ込《こ》んでしまいます。

この人たちは、どんな景品《けいひん》を狙《ねら》っているんでしょう。

その答えは、テレビのニュースで判明《はんめい》しました。

牧場《ぼくじょう》から十数頭の牛が消えたという事件《じけん》。

これはクレーンゲームで遊んでいた人たちのしわざだったんです。

普通《ふつう》の人たちじゃありません。

宇宙《うちゅう》の人たち。宇宙人《うちゅうじん》です。

あんなふうに牛を連《つ》れ去ることができるのは、彼《かれ》らくらいです。

Episcde

ビスケット

みんな、おなかがすいてるの？
わたしのポケットの中にはビスケットがひとつ。
これじゃあ、みんなにあげられない。
ポケットをたたくとビスケットはふたつ。
それでも、まだまだたりないね。
もうひとつたたくと、ビスケットはみっつ。
それでも、みんなにあげるには、まだまだ足りない。
もっともっと、たたいてみよう。
ほら、ビスケットが、よっつ、いつつ、むっつ。
たたいてみるたび、ビスケットはどんどん増《ふ》える。
たたいて、増《ふ》やそう。たたいて、増《ふ》やそう。

ビスケットの数は一〇〇になったよ。
これで全員にビスケットをあげられるかな。
みんな、おなかいっぱいになれたらいいな。
はいどうぞ。パラパラパラ。

○『ビスケット』にかくされた意味

ポケットをポンとたたくと、ビスケットが増《ふ》える。

そんな素敵《すてき》なポケットを歌った『ふしぎなポケット』という歌があります。

一枚《まい》しかなかったビスケットが、ポケットをたたくだけで増《ふ》えていくなんて、とっても夢《ゆめ》のあるお話ですね。

でも、本当はそんなことをしたら大変《たいへん》です。

実際《じっさい》にやってみたらわかります。

ポケットの中のビスケットはバリッと割《わ》れてしまいますから。

こんなに何度もたたいたら、粉々《こなごな》になってしまうでしょう。

でも、どうしても数を増《ふ》やしたいというのなら、この方法《ほうほう》が一番かもしれません。

粉状《こなじょう》になっても、ビスケットはビスケットです。その粉《こな》をひと粒《つぶ》ひと粒《つぶ》数えてみて百粒《つぶ》あれば、百個《こ》のビスケットのできあがり。

一枚《まい》のビスケットでも、こうすればみんなに分けてあげることができるんです。

え？　粉《こな》になったビスケットをひと粒《つぶ》だけもらっても、嬉《うれ》しくない？　おなかなんていっぱいにならないって？

もちろん、そうでしょうね。

でも、あげる相手が、アリさんなら？

パラパラパラパラと地面にばらまいたら、みんな大喜《おおよろこ》びで持っていきますよ。

きっとみんなのおなかもいっぱいになります。

Episode

不《ふ》幸《こう》の手紙

これは不幸《ふこう》の手紙という、死神が書いた手紙です。
あなたは五十時間以内《いない》に、同じ文章で三人にこの手紙を出してください。
これを止めると、必《かなら》ずあなたに不幸《ふこう》が訪《おとず》れます。
手紙を止めたアメリカの方は二年後に死んでしまったそうです。
死神に目をつけられてしまったのです。
これは本物です。
必《かなら》ず手紙を出してください。そうすれば助かります。
わたしで４６８４４番目です。

家に帰ると、こんな手紙が届《とど》いていた。
俺《おれ》は舌打《したう》ちをする。

「誰《だれ》だよ、送ってきたヤツは――。こんなもので俺《おれ》が死ぬわけないだろ。よく考えろよな！　まったく……」

面倒《めんどう》だったが、俺《おれ》は三人の人間に不幸《ふこう》の手紙を出した。

俺《おれ》のところで止めるわけにはいかない。

書いてあることはウソもあるが、一応《いちおう》こいつは本物だからな。

『不幸《ふこう》の手紙』にかくされた意味

こんな手紙が届《とど》いたら、皆《みな》さんならどうしますか？
ウソだと思って、破《やぶ》り捨《す》ててしまいますか？
それとも書かれてある言葉を信《しん》じ、三人に手紙を出します？
大丈夫《だいじょうぶ》。心配しないでください。
こんな手紙が来ても、それはただのイタズラ。
悩《なや》む必要《ひつよう》なんてありません。
破《やぶ》って捨《す》ててしまうのが正解《せいかい》です。
でも、この話の主人公は、三人に手紙を出してしまいました。
不幸《ふこう》の手紙の呪《のろ》いを本気で信《しん》じているのでしょうか？
もしそうなのだとしたら、変《へん》ですね。
だって「こんなもので死ぬわけない」って自分でも言っているのに……。
ただ、こんなことも言っています。

「一応《いちおう》こいつは本物だからな」

あれ？　やっぱりこの人、不幸《ふこう》の手紙のことを信《しん》じてます？

それに、どうしてこれが本物の不幸《ふこう》の手紙だとわかるのでしょう。

実は彼《かれ》、この手紙を書いた張本人《ちょうほんにん》——死神なのです。

それならば、自分が「こんなもの」で死なないと言ったのもうなずけますね。

死を司《つかさど》る神様ですし、なにより自分の作ったものなんですから。


そういえば、最後《さいご》に気になることを言っていました。

「書いてあることはウソもある」

それって、どういうことでしょう。この手紙のどこにウソがあるんでしょうか。

他にも不幸《ふこう》の手紙が届《とど》いている人がいるはずです。

そちらを追いかけてみましょうか。

Episode

幽《ゆう》体《たい》離《り》脱《だつ》？

なんでだろ。最近《さいきん》ワタシ、体がすっごくだるいのよね。
あんまり動きたくないし、じっとしていると眠《ねむ》たくなるし。
ふわーあ。大きなあくびが何度もでちゃう。
あー、これもう限界《げんかい》かも。ちょっとだけ眠《ねむ》っちゃおうかな。
なーんか、全身の力が抜《ぬ》けていくみたいで気持ちいい。
よく眠《ねむ》れそう……むにゃむにゃ……むにゃ……
……すー、すー。すやすや、ぐうぐう。

……ふわーあ、よく寝《ね》たぁー。
んんん、どれくらい眠《ねむ》ってたんだろ。
もう起きないと――あれ？　なんだか体が重いな。

んんん？　なにこれ？
全身になにかがまとわりついているみたいに体が重いんだけど。
あと、すっごく喉《のど》が渇《かわ》いてる。
水が飲みたいなあ。探《さが》しに行きたいけど、この体の重さが邪魔《じゃま》よね。
寝《ね》すぎて体が固《かた》まったのかな。ちょっと動かして、体をほぐしていこっと。
手を動かしてー、足を動かしてー。首もゆっくり回しておこうかな。
あ、いいね、いいね。だんだん体が軽くなってきたよ。
えっ？　ちょっと待って。そばに誰《だれ》かいるんだけど。
やだ、いつからいたの？　こんなところ見られて超《ちょう》ハズいんだけど。
「えっと、どちらさま……えっ⁉　えええっ⁉　えええええええええっ⁉」
なんで⁉　なんでワタシの目の前に、ワタシがいるわけ⁉
え？　これ、ワタシよね？　目を閉《と》じて眠《ねむ》っているみたいだけど。
でも肌《はだ》は真っ白で、よく見ると体の向こうが透《す》けて見えるし、なんか変《へん》ね。
……え、まさか……そんな、ウソでしょ……もしかして、ワタシ……。

ワタシ、死んじゃったの⁉
だってこれ、幽体離脱《ゆうたいりだつ》とかいうやつじゃない？
体から魂《たましい》だけ抜《ぬ》け出ちゃうってやつ。あれだよね？
あれって、なったら終わりなんだっけ？
それとも体に戻《もど》ったらワンチャンある？
――だめだ。なにしてもワタシの魂《たましい》、体に戻《もど》ってくれないんだけど。
やだ。こんなのやだよ。
もっと遊びたいし、もっとおいしいものを食べたいのに！
「ちょっと！　起きてよワタシ！　死ぬなワタシ！　目を覚《さ》ましてワタシ！」
――ぜんぜんワタシ、目を開けてくれないし、ピクリとも反応《はんのう》ないし。
そうだ。助けを呼《よ》ぼう！　さっきあっちのほうに誰《だれ》かいた気がする。
「誰《だれ》かー！　助けてー！　ワタシが死んじゃうよー！」
――なんだろう。
ワタシ今、死にかけてるのよね？

なのに、前よりも元気な感じがするんだけど。
いつもより早く走れてる気もするし――。
あ、そうか。魂《たましい》って、肉体がないから身軽なんだ。
だってホラ、こんなに高い壁《かべ》もスイスイのぼれるもん。
あ、体もちょっとだけ大きくなった？

○『幽体離脱《ゆうたいりだつ》？』にかくされた意味

幽体離脱《ゆうたいりだつ》とは、寝《ね》ているあいだに魂《たましい》が肉体から抜《ぬ》け出てしまうことです。

「自分の寝《ね》ている姿《すがた》を上から見下ろしていた」という体験《たいけん》をした人はたくさんいます。

魂《たましい》だけの状態《じょうたい》になると、それは幽霊《ゆうれい》みたいなものですから、空を自由に飛《と》べたり、壁《かべ》をすりぬけたりできて、まるで夢《ゆめ》の中のようで楽しい体験《たいけん》ができると思います。

でも、のんきに遊びまわっていたら大変《たいへん》なことになりますよ。

そのまま魂《たましい》が体に戻《もど》れなかったら、その人は死んでしまうといわれているんです。

それは大変《たいへん》！　はやく、はやく体に戻《もど》って！

――待ってください。これ、もしかしたら幽体離脱《ゆうたいりだつ》じゃないかもしれません。

この人はさっき、もうひとりの自分――魂《たましい》の抜《ぬ》け出てしまった自身の体を見てショックを受けていました。その体は真っ白で、向こうが透《す》けて見えていました。

うーん。魂《たましい》のほうが透《す》けているならわかりますよ。幽霊《ゆうれい》のようなものですから。

でも、肉体のほうが透《す》けているって変《へん》じゃありませんか？

実はこれ、幽体離脱《ゆうたいりだつ》ではありません。

脱皮《だっぴ》だったんです。

この話の主人公は人ではなく、トカゲです。

眠《ねむ》っているあいだに脱皮《だっぴ》が始まり、全身の皮がまるごとすっぽりむけたのです。

脱《ぬ》げた皮は自分と同じ姿《すがた》をしているので、魂《たましい》が抜《ぬ》けた肉体だと勘違《かんちが》いしたんですね。

あわてん坊《ぼう》のトカゲさん、このままでは自分が死んでしまうとパニックになりましたが、脱皮《だっぴ》によって生まれかわった彼女《かのじょ》は以前《いぜん》よりも元気でパワフルになり、ちょっぴり体も大きくなっていました。

Episode

希《き》望《ぼう》を求《もと》めてぼくは歩き続《つづ》ける

もう何カ月も、町の明かりは消えたままだ。
コンビニやカフェの看板《かんばん》も、ビルの窓明《まどあ》かりも、ずっと見ていない。
こんな時に営業《えいぎょう》している店なんてあるわけないし、当然《とうぜん》といえば当然《とうぜん》だ。
それに、明かりには〝ヤツラ〟が群《むら》がってくる。
夜に明かりをつけることは命取りだ。
そういうわけだから、夜の町は完全《かんぜん》に真っ暗だ。
それでも、ぼくは歩き続《つづ》ける。
足もとが見えないから、さっきからつまずいてばかりだ。
朝は明るいから歩くにはいいけど、見たくもない光景《こうけい》が目に入ってしまう。
無残《むざん》に荒《あ》れ果《は》てた、町の姿《すがた》が。
信号《しんごう》もついていない道路を、ぼくは右も左も確認《かくにん》しないで渡《わた》る。

あんなにたくさん車が行き交っていた道路も、いまは一台も走っていない。

かわりにドアが開いたままの車が何十台も放置《ほうち》されたままだ。

ヤツラは車なんて、もう運転できないからな。

バイクや自転車にも乗れないだろう。

ヤツラは、一言も発さず、あてもなくウロウロしているだけだ。

それ以外《いがい》、なんにもできないんだ。

ヤツラは〈デッド〉とか〈Z《ゼット》〉と呼《よ》ばれている。

ストレートに〈ゾンビ〉って呼《よ》ばれることも。

歩く死体だ。

ある日、突然《とつぜん》ヤツラが人々《ひとびと》を襲《おそ》いだしたんだ。

どうして、そんなことが起きたのかは知らない。

なんらかの生物兵器《せいぶつへいき》を使われたとか、未発見《みはっけん》のウイルスが原因《げんいん》だとかいわれていたけど、真相は誰《だれ》にもわからないんだ。

政府《せいふ》は、この町と町の人たちを、いともあっさりと見捨《みす》てる決断《けつだん》を下した。

歩く屍《しかばね》と化していない人たちまでも、この町に閉《と》じ込《こ》めたんだ。
絶対《ぜったい》に登れないような高い壁《かべ》で、この町を囲《かこ》って。
——あっ。道路に何体かヤツラがいる。
あいつら、ボロボロだな。
死んで何カ月も経《た》っているから、身体が腐《くさ》っているんだろう。
それにヤツラだって、動くにはエネルギーがいる。
なにかを喰《く》わなきゃいけないんだ。
なんにも喰《く》えていないと肉体の維持《いじ》が難《むずか》しくなる。
そして、ああいうふうにボロボロになって、やがては朽《く》ち果《は》てて土になるんだ。
ぼくは、あんな姿《すがた》になりたくない。
ヤツラに捕《つか》まって喰《く》われちまう前に、絶対《ぜったい》に見つけてやるんだ。
生存者《せいぞんしゃ》を。
壁《かべ》に囲《かこ》まれた町の中を、ぼくはずっと生存者《せいぞんしゃ》を求《もと》めて探《さが》し続《つづ》けている。
見つけることができても、嬉《うれ》しさで声なんて上げちゃだめだ。

ヤツラに気づかれないように、こっそりと行動しなければならない。
もし気づかれたら、ヤツラは一斉《いっせい》に群《むら》がってくるだろう。本当にじゃまなやつらだ。
ヤツラの動きは決して速くはない。
でも、あの数に囲《かこ》まれたら一瞬《いっしゅん》で終わりだ。
そんな絶望的《ぜつぼうてき》な状況《じょうきょう》だけど、ぼくはまだまだ希望《きぼう》は捨《す》てていない。
きっと、生存者《せいぞんしゃ》は残《のこ》っている。そう信《しん》じているんだ。
だから、こうして昼夜、歩き続《つづ》けている。
――あれは？
ぼくは廃墟《はいきょ》となったビルに入っていく人影《ひとかげ》を見た。
あの素早《すばや》い動き……ヤツラじゃない！
あれは生きている人間。生存者《せいぞんしゃ》だ！
ぼくは嬉《うれ》しくなって、歩みを静《しず》かに速めた。
ヤツラに感づかれないように、そうっと移動《いどう》しなければ。
もし気づかれたら、何十、何百という数の屍《しかばね》どもが襲《おそ》いかかってくる。

人影《ひとかげ》の入っていったビルに、ぼくは慎重《しんちょう》な歩みで向かった。
生存者《せいぞんしゃ》たちを驚《おどろ》かせたらいけない。
声を出さず、足音もなるべくたてないように移動《いどう》しなければ。
彼《かれ》らが驚《おどろ》いて、ぼくを攻撃《こうげき》してきたら困《こま》るからね。
——あれ、どこにいった？
生存者《せいぞんしゃ》の姿《すがた》がない。
ビルの中を一階から最上階《さいじょうかい》まで探《さが》したが、人の姿《すがた》はなかった。
ちぇっ。またか。
ぼくはガックリと肩《かた》を落とした。
実は、こんなことが何度もある。
きっと生存者《せいぞんしゃ》を求《もと》めるあまり、幻覚《げんかく》を見るようになってしまったんだ。
ふいに、不安《ふあん》が押《お》し寄《よ》せる。
この町に、まだ生存者《せいぞんしゃ》はいるのかな。
それとも、もうひとりもいないのかな。

ぼくは、とぼとぼとビルを後にする。
ああ、本当にじゃまだなあ。
それに、すごくうるさい。
あっちへ行けって。
しつこく群《むら》がってくるなよ。

○『希望《きぼう》を求《もと》めてぼくは歩き続《つづ》ける』にかくされた意味

生ける屍《しかばね》のうろつく町で、生存者《せいぞんしゃ》を求《もと》めてさまよい続《つづ》ける「ぼく」。
なんて孤独《こどく》で、なんてつらい日々《ひび》なのでしょう。
政府《せいふ》にも見放され、何カ月も機能《きのう》していない町。
ここでは食べるものを探《さが》すことも難《むずか》しいはずです。
そんな苦境《くきょう》の中、彼《かれ》は朝も夜も歩き続《つづ》けます。
そう、朝も夜も。眠《ねむ》ることなく――。
ろくに食べてもいないだろうに、なぜ彼《かれ》はそんなに歩くことができるのでしょうか？
それは、彼《かれ》も「ヤツラ」と同じ、生ける屍《しかばね》だからです。
彼《かれ》が生存者《せいぞんしゃ》を探《さが》したいのは、やはり食べたいから。
ここでは貴重《きちょう》な存在《そんざい》。最高《さいこう》の栄養源《えいようげん》です。
他の「ヤツラ」に見つかれば、あっという間に食べられてしまいます。
自分だけがこっそり見つけて、全部食べたい。

でも、生存者《せいぞんしゃ》は見つかりません。もう全滅《ぜんめつ》しているのかもしれません。

それでも、まだどこかに残《のこ》っているという希望《きぼう》を抱《いだ》いて、さまよい続《つづ》けているのです。

たまに人影《ひとかげ》を見ることがありますが、生存者《せいぞんしゃ》だと思ってこっそり近づいても、いなくなってしまいます。彼《かれ》は幻《まぼろし》を見ていると思っていますが——。

それは幻《まぼろし》ではなく、本物の生存者《せいぞんしゃ》です。

彼《かれ》らは「ぼく」が近づいていることを察知《さっち》して逃《に》げているんです。

しかし、しのび寄《よ》る屍《しかばね》の気配を、生存者《せいぞんしゃ》たちはどうやって察知《さっち》しているのでしょうか。

答えは、音です。

「ぼく」は死体ですから、日に日に腐敗《ふはい》していき、すごい臭《にお》いを放っています。

その臭《にお》いに、たくさんのハエが集まってきます。だから、ものすごく大きな羽音が近づいてきたら、それはたくさんのハエを群《むら》がらせた死体が迫《せま》っているということなんです。

こういうことを生存者《せいぞんしゃ》たちは、この世界で生きる術《すべ》として学んでいきました。

腐《くさ》ってボロボロの「ヤツラ」を見て、あんなふうにはなりたくないと思った「ぼく」。

しかし、彼《かれ》もやがては同じ姿《すがた》となり、その肉体は崩《くず》れ去って土へと還《かえ》るのでしょう。

Episode

忍《にん》術《じゅつ》対決!!

伊賀《いが》の里の頭領《とうりょう》・鎌田三太夫《かまたさんだゆう》。

甲賀《こうが》の里の頭領《とうりょう》・戸部幻斎《とべげんさい》。

ふたりの忍者《にんじゃ》がにらみ合い、戦《たたか》いの火花を散《ち》らそうとしている。

「この地に、しのびの里はふたつもいらぬ。そうは思わぬか、鎌田《かまた》」

「戸部《とべ》よ、拙者《せっしゃ》も同じことを考えていた」

「ならば、決めようではないか。甲賀《こうが》と伊賀《いが》、どちらが残《のこ》り、どちらが消えるか」

「望《のぞ》むところ。では、どう決める？　戸部《とべ》」

「甲賀《こうが》の代表である拙者《せっしゃ》と、伊賀《いが》の代表であるおぬし。一対一の対決ではどうだ？」

「いいだろう」

「では三日後のこの時刻《じこく》、この場所で。逃《に》げるなよ、鎌田《かまた》」

「その言葉、そのまま返す。決着をつけるぞ、戸部《とべ》」

――三日後。

伊賀《いが》の里の頭領《とうりょう》・鎌田三太夫《かまたさんだゆう》は、決戦《けっせん》の場でひとり、敵《てき》を待っていた。

「戸部幻斎《とべげんさい》……いったいどんな術《じゅつ》を使うのか……。まあいい。どんな術《じゅつ》だろうが、私《わたし》のカマキリ変化《へんげ》の術《じゅつ》の前では無意味《むいみ》。忍術《にんじゅつ》を使う間もなく、ヤツの首は胴体《どうたい》から切り離《はな》されるであろう」

鎌田《かまた》は周辺《しゅうへん》を見回す。

「戸部《とべ》め、遅《おそ》いな。まさか、逃《に》げ出したのではないだろうな。むっ？　あれは……」

東のほうから人影《ひとかげ》が近づいてくる。

しかし、ひとりではない。

百人はいるであろう忍者《にんじゃ》たちが、決戦《けっせん》の場へとまっすぐ向かってくる。

「戸部《とべ》ぇえっ！　おのれ、拙者《せっしゃ》を騙《だま》したなああ！」

「「「「「「「グハハハハッ、正々堂々《せいせいどうどう》、一対一で勝負をしようぞ、鎌田《かまた》ァッ!!」」」」」」」

○『忍術《にんじゅつ》対決!!』にかくされた意味

戸部幻斎《とべげんさい》め！　部下の忍者《にんじゃ》たちを連《つ》れてくるとは卑怯《ひきょう》なり！

一対一の勝負のはずなのに、これでは勝てるわけがありません！

この勝負、鎌田三太夫《かまたさんだゆう》の負けです。

でも、それは多勢《たぜい》に無勢《ぶぜい》という話ではありません。

戸部幻斎《とべげんさい》の放った最後《さいご》のセリフを見て下さい。

セリフの「」《かぎかっこ》が、幾重《いくえ》にも重なっていますね。これは、そのセリフを複数《ふくすう》の人が同時に発しているという、ちょっと変《か》わった表現《ひょうげん》なんです。

それでも、これはちゃんと一対一の勝負です。

戸部幻斎《とべげんさい》は得意《とくい》の〈分身の術《じゅつ》〉を使い、自分の幻《まぼろし》を九十九体つくったのです。

この話のタイトルは忍術《にんじゅつ》対決。

戸部《とべ》の分身の術《じゅつ》を見破《みやぶ》れず、百人の忍者《にんじゃ》が来たと思い込《こ》んだ鎌田《かまた》の負けです。

Episode

再会《さいかい》

「よお、久《ひさ》しぶり！　会いにきたぞー！」
おっとっと。いけない、いけない。
騒《さわ》いじゃいかんな。静《しず》かにしないと。
みんな眠《ねむ》ってんのに、うるせぇって怒《おこ》られちまう。
ほい、おみやげ。
お前の好《す》きなツルカメ屋の饅頭《まんじゅう》。しばらく食ってなかったろ。
んで？　そっちはどうよ。最近《さいきん》、誰《だれ》かきたか？
タツヤやリュウスケとは仲良《なかよ》くやってるか？
あいつらんとこにも挨拶《あいさつ》くらい行っとかねぇとな。
オレは変《か》わらないよ。ぼちぼち、なんとかやってる。
しばらくは、こっちでがんばってみるつもりだ。

まあ、そのうちオレもお前らに合流すっから、そんときゃ、またよろしく頼《たの》むわ。

うーっ、風が冷《つめ》たくなってきたな。

じゃ、そろそろオレは行くよ。

……お前に会いたいぜ。

「じゃあな」

○『再会《さいかい》』にかくされた意味

久《ひさ》しぶりに会う友人との近況報告《きんきょうほうこく》。

もっと話が弾《はず》んでもいい場面なのに、気のせいでしょうか、どこか寂《さび》しく感じます。

元気よく「会いにきた」と言っているのに、帰る間際《まぎわ》に「会いたい」という想いを伝《つた》えているのは、なぜなのでしょう。

それは、会いにきたけど、会えないからです。

ここは墓地《ぼち》。

たくさんの人たちが眠《ねむ》っている場所です。

そこにある、友の墓《はか》へとやって来た、彼《かれ》。

たくさん会話しているようでも、声に出しているのはふたつだけです。

最初《さいしょ》の挨拶《あいさつ》と、最後《さいご》の別《わか》れの言葉。

それ以外《いがい》は、心の中で亡《な》き友に語りかけていたんです。

Episode

怪《かい》盗《とう》グータッチを追え！

ここは、南ヨーロッパにある平和な田舎町《いなかまち》。

そんな町でいま、大事件《だいじけん》が起きていた。

大富豪《だいふごう》Ｋ氏《ケーし》のもとに、手紙で予告状《よこくじょう》が届《とど》いたのだ。

『今夜九時　あなた様の大切な宝石《ほうせき》『青いポプラ』をいただきにまいります　手に汗《あせ》握《にぎ》るスリリングな夜をお楽しみください　怪盗《かいとう》グータッチより』

手紙のはしに、パーの形に広げた両手のイラストが描《えが》かれている。

予告状《よこくじょう》を出したのは、いま都会を騒《さわ》がしている大怪盗《かいとう》コンビだ。

彼《かれ》らは盗《ぬす》みの前に必《かなら》ず予告状《よこくじょう》を出し、成功《せいこう》させると一枚《まい》のカードを残《のこ》していく。

そこには言葉はなく、グータッチしている両手だけが描《えが》かれている。

『オレたちの勝ちだ』という警察《けいさつ》への挑発的《ちょうはつてき》なメッセージだ。

──夜の九時、怪盗《かいとう》グータッチは予告通《よこくどお》り、Ｋ《ケー》氏《し》の豪邸《ごうてい》に姿《すがた》を現《あらわ》した。

そして、厳重《げんじゅう》な警備《けいび》をいとも簡単《かんたん》にすり抜《ぬ》けて『青いポプラ』を手に入れると、これまた簡単《かんたん》に警察《けいさつ》の包囲網《ほういもう》を破《やぶ》って逃走《とうそう》したのである。

Ｋ《ケー》氏《し》は大激怒《だいげきど》だ。

「なんなんだ！　あんたら警察《けいさつ》は、なにも手を出せなかったじゃないか！」

「もうしわけありません!!」

むざむざと怪盗《かいとう》コンビに逃《に》げられた警察《けいさつ》は、両手をついて平謝《ひらあやま》りだ。

「まさかあんたら、相手がふたりだからと手を抜《ぬ》いたんじゃないでしょうな！」

「いえ、そんなことは……我々《われわれ》も手を尽《つ》くしました！　ですがヤツラの動きが……」

「いいわけなど聞きたくない!!　警備《けいび》にも手間取っていたようなので不安《ふあん》だったのだが、まさか犯人《はんにん》を前にしながら、なにもできずにお手上げだなんて……これだから田舎《いなか》の警察《けいさつ》は、あてにはなりませんな！」

怒《いか》り心頭のＫ《ケー》氏《し》に、現場《げんば》を指揮《しき》していた警部補《けいぶほ》はタジタジだ。

警部補《けいぶほ》は警部補《けいぶほ》で、このストレスを怒《いか》りという形で部下にぶつけた。

「たったふたりごときに手を焼《や》くとは……まったく情《なさ》けない！　めったにない大事件《だいじけん》で緊《きん》張《ちょう》でもしとるのか、貴様《きさま》らは足が地についとらん！　しっかりせんか！」

部下の警官《けいかん》たちも悔《くや》しかった。

怪盗《かいとう》たちは彼《かれ》らの目の前で、堂々《どうどう》と宝石《ほうせき》を盗《ぬす》んでいったのだ。

手が届《とど》くところに犯人《はんにん》がいたのに……。

「ええいっ、悔《く》やんでも仕方がない！　ヤツラがどこへ逃《に》げたか、手がかりを見つけろ！　田舎《いなか》の警察《けいさつ》だと、ばかにされたくはあるまい？　手柄《てがら》を立てるんだ!!」

警察《けいさつ》をいとも簡単《かんたん》に手玉にとり、華麗《かれい》に盗《ぬす》みを成功《せいこう》させた怪盗《かいとう》グータッチ。

彼《かれ》らはいったい何者なのだろうか。

実は元・サーカス団員《だんいん》と元・体操選手《たいそうせんしゅ》のコンビなのだ。

なぜふたりが手を組み、悪事に手を染《そ》めたのかは謎《なぞ》だが、この組み合わせは厄介《やっかい》だ。

サーカスの曲芸《きょくげい》と体操選手《たいそうせんしゅ》の運動能力《うんどうのうりょく》で、手を替《か》え品を替《か》え、あらゆる方法《ほうほう》で盗《ぬす》みを成《せい》功《こう》させるからだ。たとえ何十人で取り囲《かこ》んでも、ふたりのアクロバティックな動きに惑《まど》わされると手に負えなかった。

なにより警察《けいさつ》をいらだたせたのは、怪盗《かいとう》グータッチが盗《ぬす》みをショーだと思っていること。予告状《よこくじょう》を出し、あえて騒《さわ》ぎを起こして自分たちに注目させ、派手《はで》なパフォーマンスを披《ひ》露《ろう》しているのだ。

「警部補《けいぶほ》！　足跡《あしあと》を見つけました！」

「なんだと！」

K《ケー》氏《し》の豪邸《ごうてい》から、ふたりの足跡《あしあと》がまっすぐ森方面に続《つづ》いている。

昨夜《さくや》の雨で地面がぬかるんでいたため、靴《くつ》の跡《あと》がはっきりと残《のこ》ったのだ。

「でかした。足跡《あしあと》を追うぞ。いいか、手当たり次第に探《さが》せ。見つけたら今度は全員で飛《と》びかかれ！　手荒《てあら》いやり方をしてもかまわん！　手加減《てかげん》するなよ！」

足跡《あしあと》は森のずっと奥《おく》まで続《つづ》いていた。

これをたどっていけば、怪盗《かいとう》どものアジトにたどり着くかもしれない。

「しつれいします！　あの、警部補《けいぶほ》、ちょっと問題が……」

「どうした？」

「それが、犯人《はんにん》たちの足跡《あしあと》が、なくなってしまって……」

「……なんだと？」

森の奥《おく》へと続《つづ》いていた足跡《あしあと》は途中《とちゅう》で消えていた。

「ぐぬぬ、警察《けいさつ》をバカにしおって……だが、追跡《ついせき》に問題はない」

足跡《あしあと》がなくても、手がないわけではなかった。

いや、手しかないのだが。

○『怪盗《かいとう》グータッチを追え！』にかくされた意味

元・サーカス団員《だんいん》と元・体操選手《たいそうせんしゅ》の怪盗《かいとう》コンビ――グータッチ。

どんなに警備《けいび》が厳重《げんじゅう》でも、サーカスでつちかった曲芸的《きょくげいてき》な動きと体操選手《たいそうせんしゅ》時代に鍛《きた》えた運動能力《うんどうのうりょく》が組み合わされれば、盗《ぬす》めないものなんてありません。

まさに、最強《さいきょう》の怪盗《かいとう》コンビです。

その彼《かれ》らは、いったいどうやって自分たちの足跡《あしあと》を消したのでしょう。

それは、逆立《さかだ》ちです。

この移動《いどう》の仕方なら、地面に足跡《あしあと》は残《のこ》りません。

ただ、代わりに手の跡《あと》がついてしまいますから、まったく意味はナシ。

だから、警察《けいさつ》はなんの問題もなく、彼《かれ》らの追跡《ついせき》を続《つづ》けることができるのです。

怪盗《かいとう》グータッチはどうして、わざわざそんな意味のない行動をとったのでしょう。

彼《かれ》らからすれば、盗《ぬす》みもショーみたいなもの。普通《ふつう》に逃《に》げても面白くありません。だから、わざと足跡《あしあと》を残《のこ》し、追ってくる警察《けいさつ》たちをバカにするような逃《に》げ方をしたくなったのでしょう。逆立《さかだ》ちはサーカスの曲芸師《きょくげいし》も体操選手《たいそうせんしゅ》も大得意《だいとくい》ですからね。

犯人《はんにん》たちの「足」ではなく、「手」を追いかけるというオチ。そのヒントとして「手」のつく言葉を話の中にたくさん入れていたのですが、気が付《つ》きましたか?

「足が地につかない」や「足跡《あしあと》がなくても手がないわけではない」もヒントでした。

アマビ絵

その海では毎夜、ピカピカと光る怪《あや》しいものが現《あらわ》れました。

村人たちが気味悪がるので、ある晩《ばん》、ひとりのお役人がこれを調べに行きます。

すると、不思議《ふしぎ》なものが海上に現《あらわ》れました。

それは長い髪《かみ》を生やし、脚《あし》は三本、体は美しく輝《かがや》く鱗《うろこ》に覆《おお》われています。

口はとがっていて、ちょっと顔は鳥っぽいです。

この奇妙《きみょう》なものはお役人に向かって、こう話しかけました。

「どうもー。アタシ、海の中に住んでいるアマビエでーす」

「は、はあ……アマビエさんですか。これはどうも」

お役人は頭を下げました。

「あのね。いいこと教えてあげる。これからこの国で病気が流行《はや》るよ」

「えっ？　流行病《はやりやまい》!?　そ、それは本当ですか!?」

驚《おどろ》くお役人に、アマビエはコクンと頷《うなず》きます。

「マジだよ。大マジ。でね、ここからが大事なことだから、よく聞いて。アタシのこの美しい姿《すがた》をね、丁寧《ていねい》に描《か》き写してほしいの」

「あなたを描《か》き写す？　えっと……なんで？」

「そんでね、そのアタシの絵を、たくさんの人たちに見せちゃって」

「いや……あの……だから、なんで？」

「いいから、言うとおりにしてみて。ほんじゃね〜、バイバイ」

アマビエは海の中に消えました。

お役人は考えました。

あれは神様だったのかもしれない。

さっきの言葉は、きっとお告《つ》げだ。あの神様の絵を貼《は》っていれば、病気を追い払《はら》ってくれるということなのだろう。

お役人は帰るとさっそく、アマビエの姿《すがた》を紙に描《えが》き、それを村中に配りました。

それからすぐに病が流行し、村の人々《ひとびと》を苦しめました。

お役人も結局《けっきょく》、病気になってしまいました。

「くそ、こんなもの、なんの役にも立たないじゃないか！」

布団《ふとん》からはい出したお役人は、玄関《げんかん》の扉《とびら》に貼《は》ったアマビエの絵を引きはがすと、ぐしゃぐしゃに丸めてゴミ箱に放り込《こ》みました。

するとそこに、まだ病気にかかっていない幼《おさな》い息子がやってきます。

「おい、あっちへいってなさい。わたしから病気がうつるぞ」

息子はゴミ箱をのぞき込《こ》むと、丸められた絵を取り出しました。

「こら、そんなもの、なんの役にも立たん。捨《す》てておけ」

息子は紙を広げると、まじまじと見ています。

「ねぇ、父上。ずっと思ってたんだけど、この絵ってエビ？　それとも魚の干物《ひもの》？」

○『アマビ絵』にかくされた意味

ここ数年のことです。世界中で、とても怖《こわ》いウイルスが流行《はや》りました。

それをきっかけに、爆発的《ばくはつてき》に有名になったものがあります。

アマビエという妖怪《ようかい》です。

この奇妙《きみょう》な存在《そんざい》は、本当に昔の記録《きろく》に残《のこ》っているものなのです。

海から現《あらわ》れた変《へん》なモノが、これから国に病が流行することを告《つ》げ、自分の姿《すがた》を描《えが》いた絵を人々《ひとびと》に見せなさいとお役人に伝《つた》えたのだそうです。

その絵に病除《よ》けの効果《こうか》があったのかはわかりませんが、きっとそう信《しん》じた人たちはたくさんいたことでしょう。このアマビエが現代《げんだい》でブームになったのも、なにかに救《すく》いを求《もと》めたい人たちがたくさんいたということなのかもしれません。

さて、この本のお話に出てくるお役人は、アマビエに言われたとおりにしたのですが、結局《けっきょく》、病気になってしまいました。

アマビエの言っていたことは嘘《うそ》だったのでしょうか？

実はこのお役人、絵心がまったくなかったのです。

自分の見たままにアマビエを描《か》いたつもりでしたが、描《えが》いたものは息子さんから見るとエビや魚の干物《ひもの》にしか見えなかったみたいです。

そんなふうに描《えが》かれ、アマビエは怒《おこ》って助けてくれなかったのかもしれませんね。

ちなみに、アマビエという名前ですが、間違《まちが》って「アマエビ」と書かれたこともあるんです。それも怒《おこ》られそうですね。

Episode

殺《ころ》し屋《や》たちのウェディング

ある日、レタのもとに結婚式《けっこんしき》の案内状《あんないじょう》が届《とど》いた。

「ふーん、あいつら、そういう関係《かんけい》だったのね」

そこに書かれている新郎新婦《しんろうしんぷ》の名は、レタの前の〝職場《しょくば》〟の同僚《どうりょう》だった。

前の職場《しょくば》とは、殺《ころ》し屋《や》の組織《そしき》。

レタはそこに所属《しょぞく》する殺《ころ》し屋《や》だった。

依頼《いらい》を受け、ターゲットを始末《しまつ》し、高額《こうがく》な報酬《ほうしゅう》を受け取る闇《やみ》の仕事だ。

彼女《かのじょ》はこれまでに何百人もの命をこの世から消してきた。

フッと笑《わら》う。

「あいつら人をさんざん消しておきながら、自分たちはちゃっかり愛《あい》を育てていたのね」

殺《ころ》し屋《や》に結婚《けっこん》も教会も似合《にあ》わない。それに祝《いわ》いの言葉を贈《おく》るほどの仲《なか》でもない。

「せいぜい、お幸せに」

破《やぶ》り捨《す》てようとした案内状《あんないじょう》から、ハラリと一枚《まい》の紙が落ちる。
「なに？」
それは新婦《しんぶ》からの個人的《こじんてき》なメッセージだった。
『ジェオも呼《よ》んでるから絶対《ぜったい》に来てね』
レタの胸《むね》が激《はげ》しく打ち鳴らされる。
ジェオは同じ組織《そしき》に所属《しょぞく》していた殺《ころ》し屋《や》。
そして、レタが密《ひそ》かに愛《あい》した男だった。
前の組織《そしき》が解体《かいたい》されてからは会うこともなかった。
このまま、もう二度と会えないものだと思っていた。
なぜ、少しでも想いを伝《つた》えなかったのかと後悔《こうかい》した。
一時は引退《いんたい》も考えたが、彼《かれ》とまた会えるかもしれないという想いで仕事を続《つづ》けた。
だが何十人消しても、ジェオの情報《じょうほう》は入ってこなかった。
「ジェオ――あなたが来るのなら、いかない理由はないわ」

結婚式《けっこんしき》、当日。

いつもは黒づくめで返り血を浴《あ》びている殺《ころ》し屋《や》たちが、今日だけは華《はな》やかな装《よそお》いだった。

レタも眩《まばゆ》いほどに白いドレスで参加《さんか》していた。

ずっと会いたかった男と再会《さいかい》できるこの日のため、準備《じゅんび》したドレスだった。

ところが――。

「……ジェオはどこなの？」

式場のどこを探《さが》しても、ジェオの姿《すがた》がない。

駐車場《ちゅうしゃじょう》の車の中や式場の男子トイレも調べたが、彼《かれ》はいなかった。

まさか、だまされたのか。

レタの心の中で怒《いか》りの炎《ほのお》がメラメラと燃《も》え盛《さか》る。

「あいつら……私《わたし》の彼《かれ》への想いを知っていながら、こんなウソを……くそっ、あいつらの頭をかち割《わ》って脳《のう》ミソを掻《か》きだし、目ん玉をフォークで引きずり出して舌《した》を引っこ抜《ぬ》いて、ふたり仲《なか》よく、その首をならべてやる！」

『さて、みなさんお待たせいたしました。これよりブーケトスをおこないます！』

ウエディングドレス姿《すがた》の新婦《しんぷ》が、薄紫色《うすむらさきいろ》の花束《ブーケ》を持って現《あらわ》れる。

『今から、この美しい新婦《しんぷ》が花束《ブーケ》を投げます。これを受け取った人は、すぐにでも幸せな結婚《けっこん》ができるそうです。この紫色《むらさきいろ》の花の名はストックといい、花言葉は〈求愛《きゅうあい》〉。これは相手に愛《あい》を求《もと》める花なのです！』

「……今のうちに幸せを味わってな。すぐその空っぽな頭に風穴《かざあな》をあけてやるから……」

レタは血走った目で新婦《しんぷ》を睨《にら》みつける。

『ゲットできた人は、この花束《ブーケ》を持って想い人に告白《こくはく》してはいかがでしょう。きっと相手もあなたに「結婚《けっこん》したい」と言ってくれるはずです。さあそれでは、幸せを摑《つか》んでください！　どうぞ！』

司会《しかい》の口上《こうじょう》が終わると、新婦《しんぷ》が花束《ブーケ》を投げる。

そのタイミングでレタはドレスの中に隠《かく》していたマシンガンを出した。

「仕事が思ったより長引いちまった。だいぶ遅刻《ちこく》だな。あいつらに消されちまうぜ」

遅《おく》れて結婚式場《けっこんしきじょう》にやってきた、青いジャケットの男。

ジェオだった。

「なんだ、ずいぶんと静《しず》かだな。まさかもう終わって、みんな帰っちまったのか？」

すると向こうから、花束《ブーケ》を持った女性《じょせい》が歩いてくる。

赤い花柄《はながら》の白いドレスを着た美しい女性《じょせい》が――。

「君は、レタじゃないか」

「――ジェオ？　えっ、ジェオなの？　そんな……まさか来るなんて……」

「急な仕事が入っちまってな、大遅刻《だいちこく》だよ。久《ひさ》しぶりだな、レタ。君も来ているなんて思わなかったよ。えっと、式は――」

「……さっき終わったところよ」

「そうか、残念《ざんねん》だ」

「あ、あの、これ」

ぎこちない動きでレタは花束《ブーケ》を差《さ》し出す。

「へぇ、きれいな花だな。ブーケトスで取ったのかい？」

レタはコクンとうなずく。

「ドレス、とても似合《にあ》っているよ。この赤い花柄《はながら》が……」

——いや、違《ちが》う。ドレスの柄《がら》なんかじゃない。これは……。

ジェオはそこで初《はじ》めて、周囲《しゅうい》に視線《しせん》を巡《めぐ》らせる。

見えていなかったものが見えてくる。

かつての同僚《どうりょう》たちが、見るも無残《むざん》な姿《すがた》で折《お》り重なるように倒《たお》れている光景《こうけい》が。

ジェオは再《ふたた》び、レタのドレスに視線《しせん》を戻《もど》した。

白いドレスに咲《さ》き乱《みだ》れる美しい赤い花——。

「……血痕《けっこん》……」

そう呟《つぶや》くと、木偶人形《でくにんぎょう》のように転がっている新郎新婦《しんろうしんぷ》の亡骸《なきがら》に視線《しせん》を落とす。

「死体……レタ……君は……」

レタは幸せそうな笑《え》みを浮《う》かべ、「はい」とうなずいた。

『殺《ころ》し屋《や》たちのウエディング』にかくされた意味

人の命を奪《うば》うことを仕事としている殺《ころ》し屋《や》たち。

殺人《さつじん》マシーンというイメージの彼《かれ》らにも、人を愛《あい》する感情《かんじょう》や、結婚《けっこん》して幸せな家庭を作りたいという想いがあるのですね。

しかし、幸せな結婚《けっこん》式場は惨劇《さんげき》の舞台《ぶたい》となってしまいました。

愛《あい》するジェオと再会《さいかい》できると思って期待していたレタ。

彼《かれ》の姿《すがた》が式場にないことから、ウソをつかれたのだと思い込《こ》んで逆上《ぎゃくじょう》、新郎新婦《しんろうしんぷ》もろとも元同僚《どうりょう》たちをマシンガンで蜂《はち》の巣《す》にしてしまいました。

そこにジェオが現《あらわ》れ、レタは昔のトキメキを蘇《よみがえ》らせます。

そして勇気《ゆうき》を出し、〈求愛《きゅうあい》〉の花言葉を持つ花束《はなたば》を彼《かれ》に差《さ》し出しました。この花束《はなたば》を渡《わた》せば相手に想いが伝《つた》わり、「結婚《けっこん》したい」という言葉がもらえるはずだからです。

でも、ジェオはそれどころではありません。

レタのドレスを彩《いろど》るのが、赤い花柄《はながら》ではないと気が付《つ》きます。

それは返り血のあと。血痕《けっこん》です。

そして、周《まわ》りにはたくさんの死体。

ジェオはレタがやったのだと知って青ざめました。

でもレタは幸せそうにニコニコしています。

だって、愛《いと》しい人にプロポーズをされたのですから。

「……血痕《けっこん》……」

「死体……レタ……君は……」

このジェオの言葉が、レタにはこう聞こえていました。

「結婚《けっこん》したい！　レタ、君は？」

そうプロポーズされたのだと思ったレタは「はい」とこたえたのです。

ジェオは災難《さいなん》です。

今さら、違《ちが》うなんて言える空気じゃありません。

Episode

果《か》樹《じゅ》園《えん》

「皆《みな》さま、本日はお忙《いそが》しい中、足をお運びいただき、ありがとうございます。サンプン製《せい》薬代表取締役《やくだいひょうとりしまりやく》の井美田《いみた》です」

今日はサンプン製薬《せいやく》の新製品《しんせいひん》発表会の日だ。会場にはマスコミの人たちが集まっている。

「当社の代表商品である〈バスルン〉は、温浴効果《おんよくこうか》を高め、血行を促進《そくしん》し、肩《かた》こりや疲労《ひろう》回復《かいふく》に効《き》く薬用の入浴剤《にゅうよくざい》です。香《かお》りにはリラックス効果《こうか》があり、身体だけでなく心の疲《つか》れも癒《いや》してもらいたいという思いで開発しました」

井美田《いみた》・代表取締《だいひょうとりしまり》役が手を挙げて合図する。

すると数人のスタッフが、ステージ上にお湯をためたバスタブを運んでくる。

バスタブの中には若《わか》い男性《だんせい》が入浴中《にゅうよくちゅう》だ。

「〈バスルン〉は世界中で愛《あい》される入浴剤《にゅうよくざい》となりましたが、この成果《せいか》に満足《まんぞく》はせず、私《わたし》たちはさらに快適《かいてき》なバスライフを皆《みな》さまにお届《とど》けするべく、研究を重ねました。その結果《けっか》、究極《きゅうきょく》の入浴剤《にゅうよくざい》を作ることに成功《せいこう》したのです。その名も〈果樹園《かじゅえん》〉！」

スタッフのひとりが、男性《だんせい》の入っている湯の中に薄桃色《うすももいろ》の入浴剤《にゅうよくざい》をトポンと入れる。

シュワシュワと泡立《あわだ》つ音がし、バスタブからムクムクと薄桃色《うすももいろ》の泡《あわ》が盛《も》り上がる。

素晴《すば》らしい香《かお》りが会場を包《つつ》み込《こ》むと、マスコミ席《せき》から「おおっ」と声が上がる。

泡《あわ》は見る見るふくらんで盛《も》りあがっていき、まるで入道雲のようだ。

よほど気持ちが良《よ》いのか、入浴中《にゅうよくちゅう》の男性《だんせい》の表情《ひょうじょう》はトロンととろけてきた。

やがて薄桃色《うすももいろ》の泡《あわ》は、男性《だんせい》の姿《すがた》が完全《かんぜん》に隠《かく》れるほどの量《りょう》にまでふくらんだ。

「いかがでしょう。おいしそうなスイーツのような泡《あわ》でしょう？　見た目がメルヘンチックなだけではありません。やわらかく、きめ細やかで肌触《はだざわ》りのよいこの泡《あわ》は、羽毛に包《つつ》まれているかのような感触《かんしょく》で入浴者《にゅうよくしゃ》を夢見心地《ゆめみごこち》にさせます。また、泡《あわ》が全身を包《つつ》み込《こ》むと三十種《しゅ》のフルーツの香《かお》りが心を癒《いや》し、まるで天国の果樹園《かじゅえん》にいるかのようです。皆《みな》さまには、これまで体験《たいけん》したことのない最高《さいこう》のバスタイムをお約束《やくそく》いたします」


だが、〈果樹園《かじゅえん》〉は発売されることはなかった。

この新製品《しんせいひん》発表会で致命的《ちめいてき》な欠陥《けっかん》が見つかったからだ。
この入浴剤《にゅうよくざい》を入れた湯は、あまりに気持ち良《よ》くなりすぎるのだ。

○『果樹園《かじゅえん》』にかくされた意味

長年の研究と努力《どりょく》の成果《せいか》である〈果樹園《かじゅえん》〉は、本当に素晴《すば》らしい入浴剤《にゅうよくざい》でした。

では、発売中止となるほどの欠陥《けっかん》とはなんだったのでしょう。

それは新製品《しんせいひん》発表会で明らかとなってしまいました。

この入浴剤《にゅうよくざい》を使うと、あまりに心地よすぎて、入浴《にゅうよく》している人は夢見心地《ゆめみごこち》となります。

そして、本当に夢《ゆめ》を見てしまう……。

つまり、眠《ねむ》ってしまうのです。

入浴中《にゅうよくちゅう》の睡眠《すいみん》は気持ちが良《よ》いものですが、とても危険《きけん》です。

命にかかわります。

男性《だんせい》がバスタブで溺《おぼ》れるショッキングな映像《えいぞう》は、インターネットで世界中に流れました。

こうして〈果樹園《かじゅえん》〉は世に出ることはなくなったのです。

Episode

相棒《あいぼう》とグータッチ

――男は、次のように語った。

オレたちゃ、悪党《あくとう》だ。
相棒《あいぼう》とふたりで、たくさん悪いことをしてきたよ。
中でもオレたちが得意《とくい》なのは、盗《ぬす》みだった。
金持ちの家から大物をゲットした時の達成《たっせい》感は、たまらねぇ。
この前も田舎町《いなかまち》の金持ちの家からお宝《たから》を盗《ぬす》み出したが、最高《さいこう》だったぜ。
たしか、『青いポプラ』とか、そんな名前の超貴重《ちょうきちょう》な宝石《ほうせき》だ。
しかも、たくさんの警察《けいさつ》が包囲《ほうい》している中、派手《はで》に盗《ぬす》んでみせたんだ。
そんなでかい〝仕事〟をやりとげた時、オレと相棒《あいぼう》で、必《かなら》ずすることがある。
グータッチだ。

ジャンケンのグーの形に握《にぎ》った拳《こぶし》で、相棒《あいぼう》の拳《こぶし》にタッチするんだ。

グーとグーで、チョンと触《ふ》れ合う感じだな。

ハイタッチはどうだって？

ああ、頭の上でパンッって叩《たた》く、アレか。あれはダメだ。

盗《ぬす》みに入った場所で、パーンッなんて大きな音はたてられねぇだろ。

グーで、ちょんってやるぐらいが、ちょうどいいんだ。

とにかく、オレたちはうまくやっていたんだよ。

あいつは、オレの最高《さいこう》の相棒《あいぼう》だからな。優秀《ゆうしゅう》な相棒《あいぼう》でもある。

オレはこう見えて、かなりのビビリでよ。

ああ、そうだよ。臆病《おくびょう》な人間なんだ。

オレは親がサーカス団《だん》の団長《だんちょう》でさ。小さい頃《ころ》から曲芸師《きょくげいし》として育てられたが、危険《きけん》な芸《げい》をする前は緊張《きんちょう》で震《ふる》えが止まらなくてよ。親父には、よく怒鳴《どな》られたもんだ。

なんとかサーカスではやっていけたが、性格《せいかく》ってのは、そう変《か》われるもんじゃない。

今も、大きな〝仕事〟の直前になると手が震《ふる》えちまう。

そんな時、相棒《あいぼう》はオレの背中《せなか》を押《お》してくれるんだ。
「お前なら、大丈夫《だいじょうぶ》だ。なんなら、お前ひとりでも余裕《よゆう》だよ」ってな。
するとどうだ。勇気《ゆうき》がモリモリとわいてきて、震《ふる》えが止まるんだ。
オレは、あいつ以外《いがい》のヤツとは手を組まねぇ。
そう決めてたんだ。
それなのによぉ……。
くそっ……まさか、相棒《あいぼう》が警察《サツ》に捕《つか》まっちまうなんて……。
あいつは、絶対《ぜったい》にオレのことを売ったりしねぇ。
警察《サツ》にどんな厳《きび》しい取り調べを受けたって、オレの名は吐《は》かねぇだろう。
ひとりで罪《つみ》をかぶろうとする、あいつはそういうヤツなんだ。
オレだって、逆《ぎゃく》の立場なら絶対《ぜったい》にそうする。
だからオレは、あいつのためにもがんばらなくちゃならねえ。
ひとりでも〝仕事〟をやり続《つづ》けるんだって決めていたんだ。
でもよぉ……〝仕事〟に成功《せいこう》しても、グータッチする相棒《あいぼう》はいないんだ。

ためしに、こうやってさ。
自分の右拳《みぎこぶし》と左拳《ひだりこぶし》をタッチしてみたんだよ。
ひとりグータッチさ。
……むなしかったよ。
だってよ。もう、背中《せなか》を押《お》してくれる相棒《あいぼう》がいないんだぜ。
だから、もういいやって思ったのさ。
語り終えると男は、自分の右手と左手の両拳《りょうこぶし》を差《さ》し出し、うなだれた。
そして、背中《せなか》を押《お》されて歩いていく。

○『相棒《あいぼう》とグータッチ』にかくされた意味

男は、誰《だれ》かに語っています。

その相手は、刑事《けいじ》です。

相棒《あいぼう》を失《うしな》って絶望《ぜつぼう》した男は、わざと捕《つか》まったのです。

そして相棒《あいぼう》への想いを語り終えると、自分の右手と左手の両拳《りょうこぶし》をつけ刑事《けいじ》に差《さ》し出します。

その両手に手錠《てじょう》をかけられた彼《かれ》は、背中《せなか》を押《お》されてパトカーに乗せられました。

彼《かれ》らがしたことは犯罪《はんざい》です。許《ゆる》されることではありません。

刑務所《けいむしょ》でしっかりと反省《はんせい》し、罪《つみ》を償《つぐな》ってほしいです。

そしていつか、相棒《あいぼう》と再会《さいかい》し、良《よ》いことでグータッチしてほしいですね。

Episode

したきり雀《すずめ》の大つづら

おじいさんが山で仕事をしていると、なにかが聞こえてきました。

ちゅんちゅんちゅんちゅん。

おや、かわいい雀《すずめ》が怪我《けが》をして鳴いています。

すぐに連《つ》れて帰って、その怪我《けが》を治《なお》してあげました。

「おじいさんありがとう！　ちゅんちゅん」

雀《すずめ》はそのまま、おじいさんの家に住むことになりました。

寝床《ねどこ》もつくってもらい、チュンコと名前もつけてもらって幸せです。

でも、ケチで欲深《よくぶか》いおばあさんは、おもしろくありません。

「雀《すずめ》の世話なんか時間の無駄《むだ》だよ！　エサだってタダじゃないんだからね！」

「怒《おこ》らないでおくれ、ばあさんや。チュンコのお世話はワシがするし、仕事もこれまで以《い》上《じょう》にたくさんして、エサ代はちゃんと稼《かせ》ぐから」

おじいさんは、なんとかおばあさんをなだめるのでした。

ところが、事件《じけん》は起きてしまいます。


ある日、おじいさんが山へ仕事に行っている時のことでした。

「チュンコおおおぉぉぉぉぉっ!!　くぉらあああっ!!」

おばあさん、大激怒《だいげきど》。鬼《おに》の形相でチュンコを追いかけまわします。

大切に少しずつ食べていた水飴《みずあめ》を、チュンコがなめてしまったからです。

「こいつめっ!!　わたしの水飴《みずあめ》を、その舌《した》でなめたのか!　その舌《した》でぇぇ!!」

逃《に》げようとするチュンコをガシッと摑《つか》んだおばあさん。

ああ、なんてことでしょう!!

チュンコの舌《した》を、ハサミでチョキンッと切ってしまいました!

「いらい《た》よ!　いらい《た》よー!　ちゅんちゅん!!」

チュンコは泣《な》きながら山のほうへと飛《と》び去っていきました。

しばらくして、仕事から戻《もど》ってきたおじいさん。

おばあさんからチュンコのことを聞いて、びっくりです。

いてもたってもいられず、かわいそうなチュンコを探《さが》しに山へと戻《もど》ります。

舌《した》を切られるなんて、怖《こわ》くて痛《いた》かったでしょう。きっと今ごろ泣《な》いているはずです。

どこへいったのだろうと山をさまよっていますと、おじいさんの目の前に大きな宿泊施《しゅくはくし》設《せつ》が現《あらわ》れました。

『雀《すずめ》のお宿』

看板《かんばん》には、そう書かれています。

何十年とこの山で働《はたら》いていますが、こんな建物《たてもの》は初《はじ》めて見ます。

その建物《たてもの》の入り口から、一羽の小さな鳥が出てきました。

「あっ、おじいさんらっ、おじいさんらっ！　ちゅんちゅん」

「おや、チュンコじゃないか！　こんなところにいたのかい？」

チュンコはおじいさんに会えて大喜《おおよろこ》び。

でも、舌《した》を切られているので喋《しゃべ》りづらそうです。

「わらしは、ここれ働《でた》いているんれす！　おじいさん、中にろうぞ！　ちゅんちゅん！」

チュンコの働《はたら》く旅館に招《まね》かれたおじいさん。

豪勢《ごうせい》な料理《りょうり》をお腹《なか》いっぱい食べて、雀《すずめ》たちの披露《ひろう》するダンスショーを楽しみます。

楽しい時間は、あっという間に過《す》ぎ、もう夕方です。

「そろそろ帰らなくては。ばあさんに怒《おこ》られてしまうからね」

「れは、おみやげをろうぞ、ちゅんちゅん」

チュンコはおみやげとして、ふたつの〈つづら〉を用意していました。

つづらとは、竹などを編《あ》んで作った箱。この中におみやげが入っているのです。

しかし、つづらは大きいものと小さいものがあります。

それに、どちらも文字の書かれた紙が貼《は》られていました。

小さいつづらには「すずめの涙《なみだ》」。

大きなつづらには「したきり雀《すずめ》」と書かれています。

「お好《す》きなほうをもらってくらさい。ちゅんちゅん」

「今日はたくさんもてなしてもらった。小さいほうで十分だよ。ありがとう」

おじいさんは小さいつづらを持ち帰りました。

お家《うち》に帰ったおじいさん、さっそくつづらを開けました。

すると中から、水の滴《しずく》のような形をした石がひとつ出てきました。

虹色《にじいろ》に輝《かがや》く、とても美しい石です。

それは、この世にふたつとない、とても貴重《きちょう》な宝石《ほうせき》でした。

しかも不思議《ふしぎ》なことに、つづらから出すと石は、つづらより大きくなりました。

「ほお、これは面白い。そして、なんときれいな石なんじゃろう」

おばあさんも、これにはびっくりします。

「じいさん、これは、どうしたんだい？」

「雀《すずめ》たちにもらったんだよ。大きいつづらと小さいつづら、どっちかを選《えら》んでくれというから、『すずめの涙《なみだ》』と書いてある小さいほうを選《えら》んできたんだ」

「はあ？　なにしてんだい！　『すずめの涙《なみだ》』って、『すごく少ない』って意味じゃないか！　たくさんお宝《たから》が入っていたはずなのに、なんで大きいつづらにしなかったんだい！」

怒《おこ》るおばあさんに、おじいさんはこう返しました。

「だって、舌《した》を切られて、痛《いた》くて悲しい想いをしているはずなのに……チュンコや雀《すずめ》たちは、ワシら人間を恨《うら》むどころか、豪勢《ごうせい》な食事や楽しい踊《おど》りで、もてなしてくれたんだよ？そのうえ、こんなに珍《めずら》しい宝物《たからもの》までくれて……十分じゃないか。欲張《よくば》るもんじゃないよ、ばあさん」

「きぃぃぃぃっ!!　話にならん!!　もういい！　わたしが行ってくる！」

おばあさんは家を飛《と》び出すと、山へと走りました。


「ふぅ……ここがそうだね」

山の中を探《さが》しまわり、ようやく『雀《すずめ》のお宿』を見つけたおばあさん。

誰《だれ》にも招《まね》かれていないのに、ズカズカと入っていきました。

「えっ、おばあさん？　ちゅんちゅん」

チュンコはびっくりしています。

「お前、じいさんにつづらをあげたろう？　わたしにもよこしな。じいさんだけにあげるなんて、不公平《ふこうへい》だろうが！」

「え……れ《で》も……」

チュンコは困《こま》った様子です。

「おや、断《ことわ》るつもりかい？　お前はわたしの大切な水飴《みずあめ》をなめたんだよ？　舌《した》を切るくらいじゃ、まだまだ罰《ばつ》は足りないよ。それを、許《ゆる》してやろうというんだ。ありがたいだろ？ありがたい気持ちがあるなら、それなりのモノをよこしな！」

「……わかりました。おみやげをさしあげます。ちゅんちゅん」

おばあさん、チュンコをギロリとにらみます。

「おっと、待ちな。仕返しにゴミや化け物の入ったつづらを渡《わた》すつもりじゃないだろうね。ちゃあんと、宝《たから》を入れるんだよ。わかったかい？」

「はい、ちゃんと入れます。ちゅんちゅん」

雀《すずめ》たちは大きいつづらと小さいつづらを準備《じゅんび》しました。

どちらのつづらにも、なにかが書かれた紙が貼《は》られています。

小さいつづらには「すずめの涙《なみだ》」。

大きなつづらには「したきり雀《すずめ》」と書かれています。

「お好《す》きなほうをお持ちくらさい」

「大きいほうに決まってるだろ。よこしな！」

おばあさん、大きいつづらをヨッコイショと担《かつ》ぎます。ずっしり重たいです。

これは、たくさんの宝《たから》が期待できます。

もう用はないので、さっさと『雀《すずめ》のお宿』を出たおばあさん。大きいつづらを背負《せお》って山路《やまみち》を下りますが、足腰《あしこし》が痛《いた》くてたまりません。それでも宝物《たからもの》のことを考えると元気がわいてくるので、いつもより速く歩けるのでした。

「つづらの中には、どんな宝物《たからもの》が入っているんだろうねぇ」

家に帰るまで待ちきれなくなった、おばあさん。

途中《とちゅう》で、つづらを開けてしまいました。

「……な、なんじゃこれは……」

つづらの中に入っていたのは、たくさんの石ころです。

「そ、そんな……うそじゃろ……うそといってくれ……」

つづらをひっくり返すと、たくさんの石ころが転がり出てきます。

きらきらきら。

たくさんの石ころの中に、黄金色に輝《かがや》く小さいものがひとつだけあります。

それは小指の先ほどの一粒《つぶ》の金の塊《かたまり》でした。

「えっ……こ、これだけ？　たった、これだけ……？」

おばあさんはショックのあまり、呆然《ぼうぜん》と立ちつくすのでした。

○『したきり雀《すずめ》の大つづら』にかくされた意味

おじいさんの持ち帰った小さいつづらには、大きくて珍《めずら》しい宝石《ほうせき》。
おばあさんの持ち帰った大きいつづらには、小指の先ほどの金の粒《つぶ》。
あんまり欲深《よくぶか》いと損《そん》をするというお話です。
雀《すずめ》たちは、つづらの中身についてヒントを出していました。
つづらに貼《は》られていた紙。そこに書かれていた、次のふたつの言葉です。
小さいつづらには「すずめの涙《なみだ》」。
大きいつづらには「したきり雀《すずめ》」。
「すずめの涙《なみだ》」の「涙《なみだ》」という字の中には「大」という字が入っています。
だから、つづらは小さいけれど、中の宝《たから》は大きくなったのです。
「したきり雀《すずめ》」のほうはどうでしょう。
実はこれ、「舌切《したき》り雀《すずめ》」ではなくて、「下切り雀《すずめ》」なんです。
「雀《すずめ》」という漢字の「下」の部分を切ってみてください。

すると、上の「少」という部分が残《のこ》ります。

だから大きなつづらでも、中身は少なかったのです。


ちなみに「すずめの涙《なみだ》」と呼《よ》ばれる石が実在《じつざい》することは知っていますか？

それは、皆《みな》さんも今すぐ見つけることができるものです。

学校の校庭の砂《すな》を手ですくってみてください。砂《すな》の中に、透明《とうめい》のガラスの粒《つぶ》のようなものがまじっていませんか？

これは石英《せきえい》という鉱物《こうぶつ》の一種《いっしゅ》。地域《ちいき》によって「すずめの涙《なみだ》」と呼《よ》ばれます。

皆《みな》さんも探《さが》してみてくださいね。

Episode

真夜中の配《はい》信《しん》者《しゃ》

ベンベーン！　ハロー、ヨルチューブ！

どうもー、ニノキンです！

今夜も元気に、真夜中の配《はい》信《しん》をしますね！

ベンベーン、みなさん、勉強してますか？

ぼくですかー？　勉強は毎日してますよー！

ちゃんと学校でね！

おっと、コメントが来てますねー。なになに、「僕《ぼく》たちだって毎日学校で勉強してるよ」。

はい、そうですねー、みなさんも学校に通っていますよね。

でもニノキン、もっとすごいですよー。

みなさんは、日曜日や夏休みは学校を休むでしょ？

ニノキンは、休みません！

日曜日も夏休みも、こーんな夜中だって学校で勉強してるんです！

それだけじゃないですよー。本を読んで勉強をしながら、おうちのお手伝《てつだ》いだってしてるんですから！

おっと、そろそろ勉強とお手伝《てつだ》いに戻《もど》らなくちゃ！

みなさんも、勉強やおうちのお手伝《てつだ》い、がんばりましょうね！

あと、ナイスボタン、チャンネル登録《とうろく》も、よろしくお願《ねが》いします！

最後《さいご》までご視聴《しちょう》、ありがとう！

また明日の真夜中に！　ベンベーン！

○『真夜中の配信者《はいしんしゃ》』にかくされた意味

今、小学生たちに大人気の動画配信者《どうがはいしんしゃ》ニノキンの登場です！

みなさん、今夜も夜更《よふ》かしをして、パパやママに見つからないようにこっそりと彼《かれ》のヨルチューブ動画を楽しんでいます。

本当は小学生が夜更《よふ》かしなんてしてはダメなんですが、これも仕方がないんですよ。

ニノキンの生配信《なまはいしん》は決まって深夜なんです。

どうして深夜じゃなきゃいけないかって？

それはたぶん、彼《かれ》がお化けだからでしょう。

お化けが自由にいろいろできる時間は夜ですからね。

朝や昼間はなにをしているかって？

他のお化けはわかりませんが、彼《かれ》はずっと学校で本を読んでいますよ。

みなさんの学校にはいませんか？

ニノキン。いえ、二宮金次郎《にのみやきんじろう》が——。

背中《せなか》に薪《まき》をしょって本を読んでいる、あの像《ぞう》のことです。

夜中になると二宮金次郎《にのみやきんじろう》の像《ぞう》が運動場を歩きまわるという「学校の怪談《かいだん》」は昔からありますが、最近《さいきん》は動画配信《どうがはいしん》もするようになったんですね。

彼《かれ》は子どもたちにもっと勉強をがんばってほしいという強い思いがあり、思い切って動《どう》画配信《がはいしん》を始めたとか。

すっかり有名になった「ベンベーン」も、勉強の「べん」からとったらしいですよ。

Episode

犯人《はんにん》は誰《だれ》だ

大きな窓《まど》のついた個室《こしつ》。

そこに、頭に包帯《ほうたい》を巻《ま》いた男性《だんせい》と刑事《けいじ》が入ってくる。

「A《エー》さん、頭のお怪我《けが》は大丈夫《だいじょうぶ》ですか？」

刑事《けいじ》が気づかう言葉を向けると、A《エー》さんは小さくうなずいた。

「どうか、無理《むり》はしないでください。それでは、これからこの窓《まど》の向こうの部屋に何人かの男が入ってきます。こちらの窓《まど》に向いて立たせますので、その顔をよく見て下さい。もし、犯人《はんにん》がいたら私《わたし》に教えてください」

「わかりました」

「あ、その前にもう一度だけ確認《かくにん》してもいいですか。三月十四日の二十一時頃《ごろ》、あなたは事件《じけん》の起こった現場《げんば》にいた。そこで犯人《はんにん》と出くわし、その顔を見ている。そうですね？」

「はい。窓《まど》から見えたんですが、細い眉《まゆ》や大きな目、低《ひく》い鼻、額《ひたい》にあるほくろまで、はっきりと覚《おぼ》えています」

「窓《まど》の近くに犯人《はんにん》はいたのですか？」

「はい。窓《まど》のすぐそばに立っていました。それに、あれは間違《まちが》いなく私《わたし》の知っている顔でした」

「ふむふむ。はっきりと額《ひたい》のほくろまで見て、しっかり顔も覚《おぼ》えている。そして、それはあなたの知っている顔だった――では、それ以外《いがい》のことで、なにか覚《おぼ》えていますか？」

「……いえ。すいません、なにも」

「名前は？」

「……いいえ」

「下の名前だけでもいいですよ。あだ名とかでも」

「……すいません。なんにも思い出せません」

「このへんに住んでいたとか、そういうこともわかりませんか？」

「……ごめんなさい」

刑事《けいじ》は手帳にメモをとりながら、「そうですか」と複雑《ふくざつ》な表情《ひょうじょう》を浮《う》かべた。

「あなたは一階の階段《かいだん》付近《ふきん》で倒《たお》れていて、頭から血を流し、意識《いしき》を失《うしな》っていました。逃《に》げようとしたところを、窓《まど》から入ってきた犯人《はんにん》に襲《おそ》われたのでしょうか？」

「……わかりません。逃《に》げようとして、慌《あわ》てて階段《かいだん》を踏《ふ》み外して落ちたのかも……」

「なぜ、そう思うのですか？」

「私《わたし》が見た時、犯人《はんにん》は武器《ぶき》のようなものを持っていなかったように見えたので……まあ、隠《かく》し持っていたか、後ろから突《つ》き落とされたのかもしれませんが……」

「なるほど。では、改《あらた》めて。これから数人の顔を見ていただきますが、あなたが窓《まど》から見た犯人《はんにん》の顔と似《に》ている、もしくは、この男で間違《まちが》いないと思える人物がいたら――」

「はい。すぐお伝《つた》えします」

A《エー》さんはうなずいた。

大きなガラス窓《まど》の向こうに隣《となり》の部屋が見える。

その部屋に大柄《おおがら》な男が入ってきた。

怖《こわ》そうな顔つきの男がA《エー》さんのほうを向く。

マジックミラーになっているから、向こうからはA《エー》さんのことは見えていない。

「どうですか、A《エー》さん。この男ですか?」

A《エー》さんは首を横に振《ふ》る。

「ちがいます」

次は、痩《や》せた眼鏡《めがね》の男が入ってくる。

「この男はどうでしょう?」

「いいえ、ちがいます」

次は小柄《こがら》な茶髪《ちゃぱつ》の男性《だんせい》が入ってくる。

「どうですか?」

「ぜんぜんちがいます。この人ではありません」

「――少し休憩《きゅうけい》しましょうか。無理《むり》はお怪我《けが》にさわります」

A《エー》さんはうなずいた。

五分後、再開《さいかい》する。

「ではA《エー》さん、あの男はどうですか？」

A《エー》さんは窓《まど》の向こうに目を向ける。

A《エー》さんのただでさえ大きな目が、さらに大きく見開かれる。

「――この男だ！　刑事《けいじ》さん、私《わたし》が顔を見た犯人《はんにん》は、こいつです！」

「間違《まちが》いありませんか？」

「はい！　間違《まちが》いありません。この男が犯人《はんにん》です！」

刑事《けいじ》は手帳を静《しず》かに閉《と》じ、

「十時三十五分、逮捕《たいほ》」

そう言うとA《エー》さんの手に手錠《てじょう》をかけた。

○『犯人《はんにん》は誰《だれ》だ』にかくされた意味

三月十四日に起きた盗難事件《とうなんじけん》。その犯人《はんにん》の目撃者《もくげきしゃ》はA《エー》さんひとりだけでした。
A《エー》さんは、この時に見た犯人《はんにん》の顔以外《いがい》、なにも覚《おぼ》えていません。
そう、なにもです。
自分の名前も、住んでいたところも、A《エー》さんは覚《おぼ》えていないのです。
どうやら、一時的《いちじてき》な記憶喪失《きおくそうしつ》になっているようです。
その原因《げんいん》は頭の怪我《けが》。
しかしこの怪我《けが》、犯人《はんにん》にやられたわけではありません。
本人も言っていますが、階段《かいだん》から落ちて頭を打ってしまったのです。
それでも、窓《まど》から見た犯人《はんにん》の顔だけははっきりと覚《おぼ》えていました。
——なにか変《へん》ではありませんか?
A《エー》さんは窓《まど》から犯人《はんにん》の顔をはっきり見たと言っています。
ほくろまで確認《かくにん》できたくらいですから、犯人《はんにん》は窓《まど》の近くに立っていたのでしょう。

ただ、A《エー》さんが逃《に》げようとして階段《かいだん》を踏《ふ》み外し、一階に落ちたというのなら、犯人《はんにん》の顔が見えた窓《まど》は二階、もしくは、それより上の階になければいけません。

でもそうなると、窓《まど》のそばに人は立てません。

A《エー》さんが見たという犯人《はんにん》の顔。

それは、窓《まど》ガラスに映《うつ》り込《こ》んだ自分の顔なのです。

盗《ぬす》みを犯《おか》し、現場《げんば》から逃《に》げだそうとして階段《かいだん》から落ちたA《エー》さんは、その時に頭を打ったことで一時的《いちじてき》に記憶《きおく》を失《うしな》いました。しかし、窓《まど》ガラスに映《うつ》った自分の顔——この事件《じけん》の犯《はん》人《にん》の顔だけは、なぜかはっきりと覚《おぼ》えていたのです。

おおよその真実に辿《たど》り着いていた刑事《けいじ》は、A《エー》さんに大きな鏡《かがみ》を見せました。

そこに映《うつ》り込《こ》む自分の姿《すがた》を見たA《エー》さんは、はっきりとこう答えたのです。

この男が犯人《はんにん》で間違《まちが》いない、と。

これは自白したのと同じです。

A《エー》さんは——いえ、A《エー》は、盗難事件《とうなんじけん》の犯人《はんにん》として逮捕《たいほ》されました。

Episode

ヘコマロの食レポ

「はーい、こんにちは！　グルメレポーターのヘコマロです！　今日も最高《さいこう》にぜいたくな料理《りょうり》をご紹介《しょうかい》しますよ〜！」

「みなさん、どうかティッシュのご準備《じゅんび》を。ぼくの食レポを聞いて、よだれがダーラダラ垂《た》れて止まりませんからねぇー」

「さて、こちらがミシュランガイドで三ツ星を獲得《かくとく》したレストラン『ボーノシャス』です。今日はなんと、こちらのフルコース料理《りょうり》をいただけるということで——いやあ、楽しみすぎて、さっきからお腹《なか》がゲロゲロと鳴ってますよ。ぼくの胃酸《いさん》が出まくってます！」

「おっ、さっそく料理《りょうり》が出てきました。うーわっ、山盛《やまも》りだ。これ、食べきれるかなぁ」

「くんくん、いい香《かお》りがムワッと鼻を刺激《しげき》しますね。ぼくのほうが先によだれの大洪水《だいこうずい》です。じゅるり、じゅるじゅる、ごっくん」

「絵の具のような、鮮《あざ》やかな青色のスープですね。これは食欲《しょくよく》をそそります」

「見て見て、今にも動きだしそうなくらい新鮮《しんせん》で……うわっ、逃《に》げた！」

「ん〜、外側《そとがわ》はじゃりじゃり、中はドロッとしています」

「うんうん、このブリブリッとした歯ごたえがたまりません」

「嚙《か》んだ瞬間《しゅんかん》、口の中にジョバアッて汁《しる》が溢《あふ》れて、この泥臭《どろくさ》さもクセになりますね」

「う〜ん、粘土《ねんど》みたいな食感です。柔《やわ》らかくて、舌《した》の上でドロッドロに溶《と》けますね」

「いいですねぇ。甘《あま》すぎず、辛《から》すぎず、しょっぱすぎず、酸《す》っぱすぎず、苦すぎず」

「冷《つめ》たすぎず、熱《あつ》すぎず、かといって温《ぬる》すぎず」

「げぇっぷ……ごちそうさまでした。あ、いえ、おかわりは結構《けっこう》です」

○『ヘコマロの食レポ』にかくされた意味

料理《りょうり》のおいしさを視聴者《しちょうしゃ》にどれだけ伝《つた》えることができるか。

食レポは、グルメレポーターの腕《うで》の見せ所です。

ヘコマロは日本中のお店を巡《めぐ》って、たくさんの料理《りょうり》を食べているので、大変《たいへん》な美食家のはずなのですが……。

うーん……彼《かれ》の食レポは、あまりおいしそうに感じませんね。

表現《ひょうげん》の仕方が、いちいち間違《まちが》っているからでしょう。

「外側《そとがわ》はカリカリ、中はトロッ」なら、おいしそうですが、「外側《そとがわ》がじゃりじゃりで、中がドロッ」としているのは嫌《いや》です。

エビを食べる時に「プリプリした歯ごたえ」という表現《ひょうげん》がよく使われますが、彼《かれ》にかかると「ブリブリッ」……なんだか、とっても汚《きたな》く聞こえるのは気のせいでしょうか。

甘《あま》すぎず、辛《から》すぎず、しょっぱすぎず、酸《す》っぱすぎず、苦すぎず……ここまで言われると、もうどんな味かわかりませんし、冷《つめ》たくもなく、熱《あつ》くもなく、温《ぬる》くもないって、どういうことなんでしょう。どんな料理《りょうり》なのか、まったく想像《そうぞう》できません。

でも、ヘコマロの食レポのワードセンスだけのせいとも言えないかもしれませんよ。

青色は食欲《しょくよく》を減退《げんたい》させる色だと言われています。でもこのお店では「絵の具のような、鮮やかな青色のスープ」を出しているんです。あまり飲《の》みたくありませんね。

他にも、新鮮《しんせん》すぎて食材《しょくざい》が逃《に》げだしたり、泥臭《どろくさ》かったり、粘土《ねんど》みたいだったり……。

このお店、かなり攻《せ》めた料理《りょうり》を出すみたいです。ならば、ヘコマロの独特《どくとく》な表現《ひょうげん》も、あながち間違《まちが》っていないのかもしれませんね。

彼《かれ》はプロなので、感じたままを伝《つた》えようとしたんです。

最後《さいご》の最後《さいご》で、本心からの言葉も出てしまったみたいですが……。

Episode

笑《え》顔《がお》

「やあ、君たち、なにか困《こま》ったことはないかい？」

「悩《なや》みがあったら、ぼくに聞かせてよ。力になるよ」

「おい君、こんなイタズラはやめなよ。嫌《いや》がっているじゃないか」

「ぼくは曲がったことが大嫌《だいきら》いなんだ！」

「好《す》きな言葉？　それは正義《せいぎ》さ。そう、ぼくの名前と同じだ」

学級委員長の白川正義《しらかわせいぎ》くん、彼《かれ》はクラスの人気者だ。

勉強もスポーツもできるし、先生にはよく褒《ほ》められるし、誰《だれ》に対しても優《やさ》しい。

性格《せいかく》もとてもまじめだけど、ユーモアのセンスも抜群《ばつぐん》で、クラスメイトをいつも面白トークで笑《わら》わせてくれる。そんな完璧《かんぺき》な人間なんだ、正義《せいぎ》くんは。

ぼくは正義《せいぎ》くんと仲良《なかよ》くなりたかった。勉強もスポーツもできないぼくは、正義《せいぎ》くんに憧《あこが》れていたんだ。いつかぼくも、彼《かれ》のようになれたらいいなあって思っていた。

「ぼくのようになりたい？　あはは、それはやめた方がいいよ。だってぼくと同じになったら、ミツルくんの良《い》いところがなくなっちゃうよ」

「ぼくの良《い》いところって？」

「ミツルくんの良《い》いところは、裏表《うらおもて》がないことさ」

「うらおもて？　どういうことだろ……」

「言葉の通りだよ。君の言葉には裏《うら》も表もない。つまり、正直ってことさ。だから、ぼくの真似《まね》なんかじゃなく、君は今の自分の良《よ》い部分を、もっと大切にしたらいいんじゃないかな。君は勉強もスポーツもできないっていうけど、人が誇《ほこ》れることはそれだけじゃないからね。君にもいつか、誇《ほこ》れるものが見つかるから、ぼくのようになるなんてやめなよ」

正義《せいぎ》くんはそう言ってくれた。

その時の彼《かれ》の顔を見たら……笑顔《えがお》だった。

いつもの明るい笑顔《えがお》なんだけど……。

なんだろう。なんかちょっと、ぼくは嫌《いや》な気持ちになった。

○『笑《え》顔《がお》』にかくされた意味

ミツルくんが正義《せいぎ》くんの笑顔《えがお》に抱《いだ》いた〈嫌《いや》な気持ち〉はなんだったのでしょう。
実は、正義《せいぎ》くんには〈裏《うら》の顔〉がありました。
前のページで見せていた、正義《せいぎ》くんの笑顔《えがお》。
その裏側《うらがわ》にあるこのページで、彼《かれ》の本当の顔を教えます。
——お前なんかが、このぼくになれるわけがないだろ。
彼《かれ》はミツルくんの相談に対して、こう思っていました。
正義《せいぎ》くんは普段《ふだん》から、みんなをバカにしているんです。
自分がなんでもできるから。自分がなんでも一番だから。
そんな〈裏《うら》の顔〉が、ミツルくんには透《す》けて見えてしまったのです。
前のページに戻《もど》って、不自然《ふしぜん》な空きのある部分を光に透《す》かして見てください。
かくされた彼《かれ》の〈裏《うら》の顔〉が見えてくるはずです。

Episode

チョコンの宝物《たからもの》

この子は、ぼくが山で拾ったんだ。

体毛は地面につくほど長くて真っ黒で、耳はダランと垂《た》れ下がっている。

見たことのない犬種《けんしゅ》の子だった。

抱《だ》いて帰ったぼくは、この子を飼《か》いたいってパパとママに頼《たの》んだ。

ダメって言われても、あきらめなかった。

何度も何度もお願《ねが》いしたら、「家の中で飼《か》うのはダメだけど、庭で飼《か》うならいいよ」って許《ゆる》してくれた。

「やったー!!」って、飛《と》びはねて喜《よろこ》んだ。

こうして、ぼくの家族になったんだ。

名前は小さくてチョコンとしているから〈チョコン〉。

かわいい名前でしょ?

でも、チョコンって、ほんとに変《へん》な子なんだ。
なんでも庭に埋《う》めちゃうんだよ。
オヤツをあげても、オモチャをあげても、食べたり、遊んだりしないんだ。
もらったらすぐ、庭に穴《あな》を掘《ほ》って埋《う》めちゃうんだよね。
とくに光るものが好《す》きみたいだ。
キラキラしてさえいれば、ガラスの破片《はへん》でもスプーンでも、なんでもいいんだ。
ぼくがハサミを使っていたら、チョコンに持ってかれたこともあったっけ。
ほら、ハサミの刃《は》の部分って金属《きんぞく》でキラキラしてるでしょ。
次の日に図工で使うのに、庭に埋《う》められちゃって困《こま》ったよ。
犬はこうして、自分の宝物《たからもの》を隠《かく》しておくんだって。パパがそう言ってた。
だから、庭には大きくこんもりしている場所があるんだ。
そこが、チョコンの宝物《たからもの》の隠《かく》し場所。
ある時ね、他にどんな宝物《たからもの》を隠《かく》しているのかなって気になってさ。
こっそり掘《ほ》ってみようかって隠《かく》し場所に近づいたら、チョコンに気づかれちゃった。

ウーウーって唸《うな》って、すっごく怒《おこ》るんだよ。

そんなチョコンと暮《く》らして一年が経《た》った。
二年が経《た》った。五年経《た》ち、十年が経《た》つ。
チョコンは、もうチョコンとしていない。
大きくて、たくましくて、のんびりとした子に育った。
チョコンがいる日々《ひび》は、とても平和だった。
我《わ》が家で悪い事なんて、一度も起きなかった。
チョコンは福の神なのかもしれない。

家《うち》に来てから三十年が経《た》った、ある春の日の夜。
母親からの電話で、チョコンが死んだことを告《つ》げられた。
ぼくは奥《おく》さんと子どもという新たな家族がいて、別《べつ》の町に住んでいた。
だからチョコンのお葬式《そうしき》のため、実家に帰ったんだ。

チョコンは眠《ねむ》っているようだった。

庭を見ると、チョコンが宝物《たからもの》を隠《かく》していた場所が前に見た時より、もっとこんもりしていた。

なつかしくて、寂《さび》しい気持ちになる。

もう怒《おこ》られないから、こんもりしている庭をスコップで掘《ほ》ってみた。

一円玉、パチンコ玉、どこから拾ってきたのか、眼鏡《めがね》なんかも出てきた。

ナイフが出てきた。

骨《ほね》が出てきた。

服を着ている人間の骨《ほね》だ。

びっくりしたけど。怖《こわ》かったけど。

ぼくも、母親も、父親も、涙《なみだ》を流してチョコンに感謝《かんしゃ》した。

チョコンはずっと、自分のいちばんの宝物《たからもの》を守り続《つづ》けていたんだ。

○『チョコンの宝物《たからもの》』にかくされた意味

チョコンの宝物《たからもの》の隠《かく》し場所から出てきた人骨《じんこつ》。

いったい、庭に誰《だれ》を埋《う》めたのでしょう。

骨《ほね》と一緒《いっしょ》にナイフが入っていましたね。

このふたつはセットなんです。

この骨《ほね》、もともとは強盗《ごうとう》だったのです。

庭から忍《しの》び込《こ》んで、この家に入ろうとしていたのでしょう。ナイフを持っていたのですから、家族を傷《きず》つけるつもりだったのかもしれません。

すっかり大きくなったチョコンは強盗《ごうとう》に飛《と》びかかり、犯行《はんこう》を阻止《そし》しました。

チョコンはずっと守っていたのです。

家族という、いちばんの宝物《たからもの》を。

Episode

優《やさ》しいお医者さん

治療《ちりょう》を待っているオレは、不安《ふあん》でたまらなかった。

どんな痛《いた》いことが待っているのか。なにをされるのか。今すぐに逃《に》げ出したい気持ちだ。

そんなオレの様子に気づいて、先生が言葉をかけてくれた。

「大丈夫《だいじょうぶ》ですよ。今はすごく痛《いた》いでしょうけど、すぐに治《なお》してあげますから」

なんてたのもしい言葉だ。おかげでオレの不安《ふあん》は、ほんの少しだがやわらいだ。

大丈夫《だいじょうぶ》だ。この優《やさ》しい先生なら、きっと痛《いた》くない治療《ちりょう》をしてくれる。

おねがいします！　先生！　マジで頼《たの》みます！

「じゃあ、これから治療《ちりょう》をはじめていきますね。あ、でもムリはしないで、痛《いた》かったら手を挙《あ》げて教えてくださいね、いったん止めますから」

オレはうなずきかけて、「えっ？」という目を先生に向けた。

「それでは少しずつやっていきますね。ちょっと痛《いた》いですよー。はーい」

「……んっ、んんんっ……んんんっ」

「はい、よく我慢《がまん》できましたね。次はこっちですね。また痛《いた》かったら、遠慮《えんりょ》なく手を挙《あ》げてくださいね。はーい、ではいきますよー」

「……んん、んんんんっ!?……んっ、んんんんんっ!!」

「すごい、すごい。我慢《がまん》強いんですね。この治療《ちりょう》、だいたい患者《かんじゃ》さんはみんな泣《な》いちゃうんですけど、いや、ほんとに我慢《がまん》強いなぁ。じゃ、一気にいっちゃいましょうか」

「んんん!? んっ!! んんんんんっっっっ!! んんんんんんっ、んんんんんんっっっっ!! んんんんんんんん!!!!!! んんんんんんんんんんんんんんんんんんんん

んんんんんんんんんんっ!!」

「はーい、よく我慢《がまん》できましたね――あれ? どうしました? もしもーし、大丈夫《だいじょうぶ》ですかー? えっ……気絶《きぜつ》してる?」

○『優《やさ》しいお医者さん』にかくされた意味

お医者さんは患者《かんじゃ》さんの不安《ふあん》を少しでもやわらげるため、優《やさ》しい言葉をかけてくれます。治療《ちりょう》が痛《いた》いと伝《つた》えれば、少しでも痛《いた》みのない方法《ほうほう》を考えてくれます。

この先生も患者《かんじゃ》さんにとても優《やさ》しい方なのですが、残念《ざんねん》な点がひとつ。

少し、うっかりさんなのです。

バイク事故《じこ》を起こし、全身骨折《こっせつ》で運ばれてきた患者《かんじゃ》さん。顔にも手足にも包帯《ほうたい》をグルグル巻《ま》かれ、まともに会話もできません。そんな彼《かれ》に「痛《いた》かったら手を挙《あ》げて」と言っても、両腕《りょううで》を挙《あ》げられるわけがありません。しかも、手を挙《あ》げないので我慢《がまん》強い患者《かんじゃ》さんだと思って、容赦《ようしゃ》なく治療《ちりょう》を続《つづ》けました。

失神《しっしん》してしまうなんて、どんなに痛《いた》い治療《ちりょう》だったのか。

患者《かんじゃ》さんの放つ「ん」の文字の大きさでお察《さっ》しください。

Episode
ジャンボフットの伝《でん》説《せつ》

空が暗くなってきた。
さっき出始めた黒い入道雲が、わたしのことを見下ろしている。
「そろそろ嵐《あらし》が来そうね」
風が強くなってきた。
本《ほん》格《かく》的《てき》に天候《てんこう》が荒《あ》れだす前になんとしても見つけたい。
額《ひたい》の汗《あせ》を腕《うで》でぬぐって、ジャングルの中を突《つ》き進む。

わたしはUMA《ユーマ》研究家のユマ。探検家《たんけんか》でもある。
UMA《ユーマ》とは未確認《みかくにん》生物で、実在《じつざい》するのかどうかわからない生き物のことだ。
今、あるUMA《ユーマ》の情報《じょうほう》を求《もと》めて、南米の奥地《おくち》にある小さな村へ調査《ちょうさ》に来ている。
この地に古くから語り伝《つた》えられる人食いの怪物《かいぶつ》〈ジャンボフット〉。

それは真っ黒な毛に覆《おお》われた獣人《じゅうじん》で、大きな足跡《あしあと》を残《のこ》すことから特大の足《ジャンボフット》と呼《よ》ばれている。

何百年も昔の壁画《へきが》に姿《すがた》が刻《きざ》まれているような伝説《でんせつ》の怪物《かいぶつ》だけど、驚《おどろ》くことに今でもたびたび目撃《もくげき》されているらしい。

村人はジャンボフットをとても恐《おそ》れていて、あまり話をしたがらない。

でも、こういう時のためにと用意した安物の腕時計《うでどけい》やお菓子《かし》をプレゼントすると、あっという間にゴキゲンになって、その口は軽くなった。

「ジャングルを抜《ぬ》けた先に、ジャンボフットの足跡《あしあと》があるよ。とても大きな足跡《あしあと》だから、ひと目でわかるはずだ」

足跡《あしあと》が残《のこ》っていれば、それは貴重《きちょう》な証拠《しょうこ》となる。

撮影《さつえい》し、なるべく多くの記録《きろく》を残《のこ》さなければならない。

できれば、その足跡《あしあと》を付《つ》けた本人に会いたい。

危険《きけん》だと村人に止められたが、わたしはひとりで足跡《あしあと》を探《さが》しに向かった。

「はぁ……はぁ……いったい、どこにあるのよ……足跡《あしあと》なんて……」

わたしはヘトヘトになって座《すわ》り込《こ》んだ。全身、汗《あせ》だくだ。

ジャングルを抜《ぬ》けた先は植物もなにも生えていない、荒《あ》れ果《は》てた広い土地だ。

他の土地より地面が三メートルほど下がった窪地《くぼち》になっている。

村人に描《か》いてもらった地図によると、ジャンボフットが目撃《もくげき》されたのは、この辺《あた》りだ。

「足跡《あしあと》って、どれくらい大きいんだろ。そういえば聞いてこなかったな」

人間の足の三倍から五倍くらいだろうか。いや、もっと大きいかもしれない。

空がさらに暗くなってきた。

嵐《あらし》が間近まで迫《せま》ってきているのだろう。

「そろそろ村に戻《もど》ったほうがいいわね」

空を見上げると、黒い入道雲と目が合った。

○『ジャンボフットの伝説《でんせつ》』にかくされた意味

UMA《ユーマ》研究家のユマさんは、とても活発で怖《こわ》いもの知らずな女性《じょせい》です。危険《きけん》な人食い怪物《かいぶつ》のことを調べるため、南米のジャングルにたったひとりで入っていくんですから。

はたして、ジャンボフットは実在《じつざい》するのでしょうか。

証拠《しょうこ》となる足跡《あしあと》を探《さが》しましたが、まったく見つかりません。

ひと目でそれとわかるほど、大きな足跡《あしあと》ということでしたが……。

実は、もう足跡《あしあと》は見つけています。

そのことにユマさんは気づいていません。

ジャングルを抜《ぬ》けた先は、地面が低《ひく》くなっている広大な窪地《くぼち》でした。

これこそが、ジャンボフットの足跡《あしあと》だったんです。

ユマさんが想像《そうぞう》していた足跡《あしあと》の数百倍の大きさでした。

そんな大きな巨人《きょじん》なんて、本当に今もいるのでしょうか。

——それより、ユマさんは今すぐ村に帰ったほうがよさそうです。

嵐《あらし》が来るから？

いいえ、嵐《あらし》なんて来ません。

空がこんなに暗いのは、真っ黒い入道雲のような姿《すがた》のジャンボフットが、彼女《かのじょ》を見下ろしているからです。

Episode

開けるべからず

私《わたし》は呪《のろ》いの研究をしている。
呪《のろ》いとは、古くからある不思議《ふしぎ》な力だ。
この力がどこからくるものなのか、私《わたし》は知りたいのだ。
ここ数年はもっぱら呪物《じゅぶつ》を探《さが》している。呪《のろ》いのかかった物品のことだ。
持っているだけで不幸《ふこう》になる人形。
持ち主が次々《つぎつぎ》と死んでいく絵画《かいが》。
そういった危険《きけん》な呪物《じゅぶつ》ばかりを求《もと》めているのだが、これがなかなか出会えない。
見つかったと思ったらニセモノだったということも多い。
だから情報《じょうほう》が入っても、すぐには期待しないようにしているのだが――。
私《わたし》はついに見つけたかもしれない。
本物の呪物《じゅぶつ》を！

それは、なじみの骨董品店《こっとうひんてん》が仕入れたばかりの古い木箱だ。
ある家の蔵《くら》の中から見つかったものらしい。
その家の人も、気味が悪くて、開けずにそのまま骨董品店《こっとうひんてん》に売りに来たという。
箱の大きさは、スイカが一玉、丸ごと入るくらい。
フタに『開けるべからず』と墨《すみ》で書かれた黄ばんだ紙が貼《は》られている。
この箱を開けるな――そう言っているのだ。
紙は箱を包《つつ》むように貼《は》られており、フタを開けるには破《やぶ》らなくてはならない。
――紙は破《やぶ》れていない。
それは、紙が貼《は》られてから、箱は一度も開けられていないということを示《しめ》している。
私《わたし》の勘《かん》が言っている。
箱の中には、とんでもない呪物《じゅぶつ》が入っているに違《ちが》いない、と。
だから、開けるなと忠告《ちゅうこく》しているのだ。
目が飛《と》び出るほど高かったが、これも研究のためと迷《まよ》わず購入《こうにゅう》した。

箱は軽く、振《ふ》ってもなんの音もしない。

中身はなんだろう？　気になる。すごく知りたい。

今すぐにでも開けたい。

だが、開けたら箱の中のものに呪《のろ》われるかもしれない。

私《わたし》は呪《のろ》いへの興味《きょうみ》は底無《そこな》しにあるのだが、自分が呪《のろ》われたいわけではない。

死んでしまったら研究はできないからな。

それに開けてしまうと、この箱の価値《かち》が失《うしな》われてしまう気がする。

いや、価値《かち》は箱ではなく、箱の中身にあるのだ。

だから中身を知ることができれば、研究は一気に前へと進むだろう。

開けたい。開けたい。開けたい、開けたい。

――焦《あせ》るな。いつかは開けるにしても今ではない。

それに、開けなくても調査《ちょうさ》や研究はできる。うまくいけば、箱を開けることなく中に入っているものを知ることができるかもしれない。

私《わたし》は骨董品店《こっとうひんてん》の店主に頼《たの》み、この箱を売った家と繋《つな》いでもらった。
その家の先祖《せんぞ》について調べ、箱を入手した経緯《けいい》を知りたいからだ。
地域《ちいき》の伝承《でんしょう》についても調査《ちょうさ》した。この箱を語り伝《つた》える記録《きろく》が見つかるかもしれない。
箱に使われた木の種類《しゅるい》も調べた。
紙や墨《すみ》の劣化《れっか》具合から『開けるべからず』が書かれた年代を特定《とくてい》した。
色々《いろいろ》なことがわかってきたが、調べれば調べるほど、箱の中身はわからない。
そして、開けたいという誘惑《ゆうわく》が年々《ねんねん》、強くなっていった。
開けたい。
——だめだ。我慢《がまん》をしろ。
開けたい。
——耐《た》えろ。耐《た》えるんだ。
開けたい。開けたい。開けたい。開けたい。開けたい。
開けたい。開けたい。開けたい。開けたい。開けたい。
箱を睨《にら》みながら歯を食いしばり、開けたい衝動《しょうどう》や誘惑《ゆうわく》と戦《たたか》う日々《ひび》だった。

よく今日まで耐《た》えてきたと、自分を褒《ほ》めてやりたい。
だが……もう、限界《げんかい》だ！
私《わたし》は箱を包《つつ》む紙を乱暴《らんぼう》に破《やぶ》る。
そして、震《ふる》える手でフタを上げた。
「う、う、うわあああああああああああああ‼」
箱の中身を見た私《わたし》の髪《かみ》は、真っ白になっている。
手から落ちた木箱は乾《かわ》いた音を立てながら足元を転がる。
ショックで倒《たお》れた私《わたし》の心臓《しんぞう》は、すでに止まっていた。

○『開けるべからず』にかくされた意味

誘惑《ゆうわく》に勝てず、とうとう箱を開けてしまった研究者。

彼《かれ》はその中身を見た直後に亡《な》くなってしまいました。

やはり、本物の呪《のろ》いがかけられていたのでしょうか。

箱の中身はいったいなんだったのでしょう。


正直に申し上げます。

わかりません。

この世のものとは思えない、とてつもなく恐《おそ》ろしいものが入っていたのかもしれません。

でも、こうも考えられます。

——なにも入っていなかった。


あまりにショッキングなことが起きると、髪《かみ》が真っ白になるといいます。

でも、それは間違《まちが》った情報《じょうほう》です。
髪《かみ》の毛が一瞬《いっしゅん》で白くなるなんてことは実際《じっさい》には起きないのだそうです。
研究者の髪《かみ》が白かったのは、それだけ年齢《ねんれい》を重ねたということです。
ただ、ショッキングなことがあったことは確《たし》かです。
彼《かれ》の心臓《しんぞう》が止まるほどのこととはなんでしょう。
それは、何十年と耐《た》えてきたことや、心血を注いできた研究がムダになることです。
この箱が空っぽだったら、それは呪物《じゅぶつ》でもなんでもありません。
ただの空箱です。
この研究者は「開けてはならない」という言葉に何十年と囚《とら》われていました。
ただの空っぽな箱に、貴重《きちょう》な時間と人生を削《けず》られたのだと知ったら――。
真実はわかりませんが、これはそういう呪《のろ》いだったのかもしれません。

Episode

物まね芸人《げいにん》

こんばんは！　それとも、おはようございます、かな？
今日はここまで付《つ》き合ってくれて、本当にありがとう！
そんなあなたに感謝《かんしゃ》をこめて。
これから、物まねショーを開催《かいさい》いたします！
アッと驚《おどろ》く物まねを披露《ひろう》してくれるのは？
物まね芸人《げいにん》の星！　二世川《にせかわ》ミラー！
彼《かれ》の得意技《とくいわざ》は、形態模写《けいたいもしゃ》という芸《げい》です。
これは人の動作、身振《みぶ》りを完全《かんぜん》に同じように再現《さいげん》します。
まるで鏡《かがみ》に映《うつ》したように、その人とまったく同じ動きをしてみせます。
さてさて、彼《かれ》はいったい、誰《だれ》の物まねを見せてくれるのか！
イッツショータイム!!

さあ、はじまりましたよ。
ミラーが近づいてきます。
どんどん、どんどん、近づいてきて——。
あなたの目の前まで、ミラーの顔が迫《せま》ってきました。
次はなにをするんでしょう。
おっと！　じっと、あなたを見ていますね。
じっと。
じいーっと。
ミラーの目は、あなたを見つめています。
形態模写《ものまね》、大成功《だいせいこう》！　拍手《はくしゅ》、拍手《はくしゅ》！

○『物まね芸人《げいにん》』にかくされた意味

物まね芸人《げいにん》のミラーは、誰《だれ》の形態模写《ものまね》をしていたのでしょうか。
それは、あなたです。
この本を開いて、この話を読んでいる、あなた。
その目で、たった今もこの字を追いかけている、あなたです。
このショーの観客《かんきゃく》は、あなたひとりです。
司会《しかい》の人が言っていますね。
「今日はここまで付《つ》き合ってくれて、本当にありがとう！」
それは、わたしたちから、あなたへの感謝《かんしゃ》の言葉でもあるんです。
ここまで、この本を読んでくれて、ありがとう！
次の話もご期待ください。

Episode

カレーで仲《なか》なおり

昨晩《さくばん》、同棲中《どうせいちゅう》の彼女《かのじょ》と大ゲンカをした。

原因《げんいん》はささいなことだ。僕《ぼく》が彼女《かのじょ》の話を聞きながら、スマホをいじっていたからだ。

だが、彼女《かのじょ》にとってはささいなことではなかったようだ。

「私《わたし》といても楽しくないってことよね。ならスマホと一緒《いっしょ》に暮《く》らしたら？」

謝《あやま》ったけれど、まったく聞いてもらえなかった。それどころか、あんたに人を愛《あい》する権利《けんり》はないとか、あんたといても誰《だれ》も幸せになれないとか、生きている価値《かち》のないくだらない人間だとか、吐《は》き気がするほどの罵声《ばせい》を浴《あ》びせられた。

僕《ぼく》のほうもだんだんと腹《はら》が立ってきて、激《はげ》しい口論《こうろん》になった。

頭に血がのぼった僕《ぼく》は、ここでは言えないくらい、本当にひどい言葉を彼女《かのじょ》に吐《は》いてしまった。それは、彼女《かのじょ》がけっして触《ふ》れられたくない過去《かこ》、タブーだった。

ケンカの後、僕《ぼく》は心の底《そこ》から後悔《こうかい》し、その日は朝まで眠《ねむ》れなかった。

翌日《よくじつ》、バイトが終わるとすぐ、僕《ぼく》はフラワーショップへ行き、薄紫色《うすむらさきいろ》のスイートピーの花束《はなたば》を買った。

彼女《かのじょ》の好《す》きな花だ。

帰ったら、昨日《きのう》のことを謝《あやま》ろうと思っていた。


「ただいま」

玄関《げんかん》ドアを開けると、たまらなく良《い》い匂《にお》いが僕《ぼく》を出迎《でむか》えた。

カレーの匂《にお》いだ。僕《ぼく》の大好物《だいこうぶつ》だ。

——そうか。きっと彼女《かのじょ》も昨日《きのう》は言い過《す》ぎたと思って後悔《こうかい》しているんだ。

だから僕《ぼく》の好《す》きなカレーを夕食に作って待っていてくれたのか。

カレーの匂《にお》いに誘《さそ》われるようにダイニングへ向かった。

キッチンには彼女《かのじょ》の姿《すがた》がある。
花束《はなたば》を後ろ手に隠《かく》した僕《ぼく》は、もう一度「ただいま」と言う。
彼女《かのじょ》はキッチンから出てくると僕《ぼく》の前に立った。
その疲《つか》れ切った顔は、涙《なみだ》で濡《ぬ》れていた。
手には包丁《ほうちょう》を握《にぎ》っている。
「玉ねぎを……切っていたから……」

○『カレーで仲《なか》なおり』にかくされた意味

ケンカをすると、思ってもいないことを口にしてしまい、後悔《こうかい》することがあります。
すぐに仲《なか》なおりできたらいいのですが、その一言が原因《げんいん》で破局《はきょく》ということも……。
このカップルはどうでしょうか。
ふたりとも歩み寄《よ》ろうとしているように見えますが、どうも空気がおかしいです。

帰宅《きたく》すると食欲《しょくよく》をそそるカレーの香《かお》りが出迎《でむか》えました。
もうカレーはできているようです。
でもそれならば、なぜ彼女《かのじょ》は玉ねぎを切っていたと言ったのでしょうか。
玉ねぎを切るのはカレーの最初《さいしょ》の作業。とっくに終わっているはずです。
つまりこの涙《なみだ》は、玉ねぎを切っていたから流れたものではないのです。
恋人《こいびと》の言葉によってつけられた心の傷《きず》は、思ったより深かったようです。
その傷《きず》が流させた涙《なみだ》なのでしょう。

彼女《かのじょ》は今日一日、なにを考えていたのでしょうか。

後悔《こうかい》。怒《いか》り。悲しみ。憎《にく》しみ。そのすべてかもしれません。

恋人《こいびと》の好物《こうぶつ》であるカレーを作って待っていたのは、彼女《かのじょ》の中に彼《かれ》との関係《かんけい》を修復《しゅうふく》したいという気持ちがあったからなのか。

それとも、ふたりにとっての〈最後《さいご》の晩餐《ばんさん》〉の意味だったのか。

祈《いの》りましょう。

握《にぎ》られている包丁《ほうちょう》が、これから惨劇《さんげき》を起こさないように……。

Episode

会ってはいけなかったふたり

「まさか、こんなところで会っちまうとは……」
河童《かっぱ》は緊張《きんちょう》していました。
じりじりと後ずさりします。
目の前の美しい女性《じょせい》の幽霊《ゆうれい》から、少しでも離《はな》れるために——。
彼女《かのじょ》は有名人——いや、有名霊《ゆうめいれい》です。
皿屋敷《さらやしき》のお菊《きく》さん。
この人は、とてもかわいそうな人なのです。

彼女《かのじょ》が幽霊《ゆうれい》ではなく、まだ生きていた頃《ころ》のことです。
お菊《きく》さんは、大きな屋敷《やしき》でお手伝《てつだ》いさんとして働《はたら》いていました。
しかし、ある大きな失敗《しっぱい》をしたことで、怒《おこ》った主人に斬《き》り殺《ころ》されてしまいます。

さらにむごいことに、お菊《きく》さんの遺体《いたい》は井戸《いど》の中へと捨《す》てられてしまうのです。
こんなひどい目にあわされるなんて……。
いったい彼女《かのじょ》は、どんな失敗《しっぱい》をしたのでしょう。
それは、誰《だれ》でも一度はするようなささいな失敗《しっぱい》でした。
屋敷《やしき》の家宝《かほう》である十枚《まい》セットのお皿、その一枚《まい》を割《わ》ってしまったのです。
家宝《かほう》かなんだか知りませんが、壊《こわ》したのは、たかが食器《しょっき》。
こんなことで殺《ころ》されてしまって、よほど無念《むねん》だったんでしょう。
お菊《きく》さんは幽霊《ゆうれい》となって毎晩《まいばん》、井戸《いど》から現《あらわ》れました。
そして、皿の数を恨《うら》めしげに数えるのです。
「いちまーい……にまーい……さんまーい……」
でも、自分が割《わ》ってしまったので皿は一枚《まい》足りません。
九枚《まい》まで数えたところで、シクシクと泣《な》くのです。

そんなかわいそうなお菊《きく》さんが、どうしたことでしょうか。

今は、とても嬉《うれ》しそうな笑《え》みを浮《う》かべています。

「ああ、まさか、こんなところにあったなんて……」

お菊《きく》さんは井戸《いど》から出ると、じりじりと近づいていきます。

目の前の河童《かっぱ》に真っ白な両手を伸《の》ばし、囁《ささや》くように言いました。

「ねぇ、河童《かっぱ》さん、ちょいと待ってくださいな」

「い、いやだね……オ、オオ、オレに近づくなっ！」

河童《かっぱ》は両手で頭を隠《かく》しました。

○『会ってはいけなかったふたり』にかくされた意味

河童《かっぱ》はなぜ、そんなに彼女《かのじょ》を警戒《けいかい》しているんでしょうか。
それは、目の前にいる幽霊《ゆうれい》が、あのお菊《きく》さんだからです。
彼女《かのじょ》は皿を割《わ》ったことで有名になった幽霊《ゆうれい》。皿を割《わ》る性質《せいしつ》を持っているのです。
河童《かっぱ》にとって頭の皿は心臓《しんぞう》のようなもの。
割《わ》られでもしたら大変《たいへん》です。
だから、この場から一刻《いっこく》も早く去りたいわけです。
一方、お菊《きく》さんは大喜《おおよろこ》び。だって目の前に、まだ割《わ》れていない皿があるんですから。
今まで九枚《まい》までしか数えられませんでしたが、この一枚《まい》が加《くわ》われば十枚《まい》になります。
もうこの際《さい》、それが家宝《かほう》の皿でなくても、河童《かっぱ》のものでもかまいません。
会ってはいけないふたりです。
とりあえず、河童《かっぱ》は逃《に》げて！

Episode

しゃぼん玉はどこへゆく

しゃぼん玉が飛《と》んでいく。
ふわふわと、きれいな玉が、いくつも、いくつも。
なつかしいな。
ガキの頃《ころ》、よく遊んだっけ。
こんなふうにフウッて吹《ふ》くと、小さい玉や大きい玉がたくさん出てくるんだ。
きれいだな。
しゃぼん玉たちは、どんどん高いところへ飛《と》んでいって遠く小さくなる。
あいつら、どこへいくんだろうな。
そんなの決まってるか。しゃぼん玉は屋根まで飛《と》んでいくもんだ。
屋根まで飛《と》んだら、壊《こわ》れて消えるんだ。
……でも。

ぜんぜん、壊《こわ》れないな。
そっか、ここには屋根なんてないからか。
ここには家もないんだから、屋根なんかあるわけない。
それどころか、なんにもない。
地面も、空も、ここにはないんだ。
冷《つめ》たくて、とにかく暗い。
オレは、どうしてここにいるんだっけ。
……えーと。
あっ、そうだ。思い出した。
オレは船に乗って、無人島《むじんとう》を探《さが》していたんだっけ。
たしか、嵐《あらし》が来たんだよな。

○『しゃぼん玉はどこへゆく』にかくされた意味

しゃぼん玉は石鹼水《せっけんすい》とストローで作ることができる透明《とうめい》な泡《あわ》の玉です。

でも、彼《かれ》が見ているのは、しゃぼん玉ではありません。

自分の吐《は》いた息でできた泡《あわ》なのです。

船で航海《こうかい》しながら無人島《むじんとう》を探《さが》していた彼《かれ》は、嵐《あらし》に巻《ま》き込《こ》まれ、海に落ちてしまいました。

屋根も家も地面も空もない、暗くて冷《つめ》たいこの場所は海の中です。

沈《しず》んでいきながら、彼《かれ》は自分の吐《は》く泡《あわ》を見上げているのでした。

その心臓《しんぞう》が止まる時まで。

Episode

無《む》人《じん》島《とう》

出港してから、幾日《いくにち》が経《た》ったんだろう。
わからないくらい、長い船旅だった。
大きな嵐《あらし》に見舞《みま》われた日もあったが、なんとか目的《もくてき》の島に着いた。
オレはずっと、ここに来たかったのだ。
この名もなき島に——。
オレの夢《ゆめ》は探検家《たんけんか》だ。
未知《みち》の場所を探検《たんけん》して、胸《むね》がドキドキするような体験《たいけん》をしたいんだ。
ここは一度も人が上陸《じょうりく》したことのない、何者にも踏《ふ》み荒《あ》らされていない島だ。
野生動物と植物だけが生きる小さな島だと聞いている。
無人島《むじんとう》だ。
この地に踏《ふ》み入った人間は、オレが初《はじ》めてということだ。

最高《さいこう》の気分だ。
世界にオレひとりしかいないみたいな気分になる。
ただ、どういうわけか、オレの胸《むね》はまだドキドキしない。
謎《なぞ》めいた洞窟《どうくつ》や、新発見の動植物と、まだ出会えていないからだろう。
オレは刺激《しげき》のある体験《たいけん》がしたいんだ。
生い茂《しげ》る草をかき分けて、森林の奥《おく》へと進んでいく。
霧《きり》が出てきた。
視界《しかい》が白くかすんでいく。
「……おい、うそだろ……」
オレは立ち止まった。
霧《きり》の中に人影《ひとかげ》が見えたのだ。
しかも、ひとつじゃない。複数《ふくすう》だ。
その影《かげ》はこちらに近づいてくる。
「なんだ……ここは無人島《むじんとう》じゃなかったのか？」

やがて、霧《きり》の中から六人の男女が姿《すがた》を現《あらわ》す。

年齢《ねんれい》は五、六十代から、十代に見える者もいる。

みんな表情《ひょうじょう》のない顔でオレを見つめている。

不気味《ぶきみ》だ。

人がいるのに、なぜ無人島《むじんとう》といわれているのか。まさか、なにかの秘密《ひみつ》を守るため、人を近づけないように、そういうことにされているのでは？

もしそうならば、オレは今、とても危険《きけん》な状況《じょうきょう》だ。

とにかく、敵意《てきい》をもたれないようにしなくては――。

オレは作り笑《わら》いを浮《う》かべて話しかけた。

「いやあ、海で迷《まよ》っちゃいまして。あの、ここってどこですか？」

オレはなにも知らずに迷《まよ》い込《こ》んできた人間を装《よそお》った。

彼《かれ》らは顔を見合わせ、ボソボソと話し合っている。

いかにも長老《ちょうろう》って雰囲気《ふんいき》の老人《ろうじん》がオレに顔を向ける。

「ここは、無人島《むじんとう》だ」

「……そうなんですか。なら、来る場所を間違《まちが》ったな。じゃあ、帰ります」

船に戻《もど》ろうと、浜《はま》のほうへと歩きだす。

「無駄《むだ》だ」

「……え？」

「お前さんは、この島からは出られない。ぜったいに」

やはり、オレはまずい状況《じょうきょう》のようだ。

走った。

草をかき分けて。

走りながらスマホを取り出し、警察《けいさつ》へかけようとした。

だが、電波がないのか繫《つな》がらない。最悪《さいあく》の展開《てんかい》だ。

オレは自分の船が着いた浜《はま》に戻《もど》った。

――なんてこった。

オレの乗ってきた船がない。

まさか、あいつらが隠《かく》したのか。オレを、この島から逃《に》がさないために。

「無駄《むだ》だと言っただろう。この島からは出られない」

振《ふ》り返ると、さっきのやつらがいた。

数が増《ふ》えている。二十人はいるだろう。

「希望《きぼう》は捨《す》てるんだ」

「……なんだと？　どういう意味だ」

「ここから生きて戻《もど》れると思うな、そういう意味だ」

オレは無視《むし》して走った。

走って、走って、走って。

オレはどこに向かって走ればいいんだろう。

オレが乗ってきた船はどこにもない。どこに隠《かく》したんだ？

小さな無人島《むじんとう》だと思ったが、おどろくほど大きな島で、たくさんの人が住んでいる。

どいつもこいつも陰気《いんき》な空気をまとっていて、子どもまで、よそ者のオレに薄暗《うすぐら》い目を向けてくる。

どこだ。オレの乗ってきた船はどこだ？

——いや、まてよ。
オレは本当に、船に乗ってきたのか？
ははは、オレはなにを考えてるんだ。
船じゃなきゃ、どうやってオレはこの島にきたっていうんだ？
くそっ、どうしたってんだ。
こんなにヤベェ状況《じょうきょう》なのに……。
それでもオレの胸《むね》はまだ、ドキドキしない。

○『無人島《むじんとう》』にかくされた意味

この島は、なんなのでしょう。
人が住んでいるのに、なぜ無人島《むじんとう》と呼《よ》ばれているのでしょうか。
実は、ここには人間は住んでいません。
ここは死者の島。
島にいたのは死んでいる者たちなのです。
生きている人はいないから、無人島《むじんとう》。
主人公の男の人は、この島に来る途中《とちゅう》の嵐《あらし》で船が沈没《ちんぼつ》し、その時に亡《な》くなったのです。
そして、その霊魂《れいこん》だけが、この島に流れ着いたのでしょう。
だから、いつまで経《た》っても彼《かれ》の胸《むね》はドキドキしません。
心臓《しんぞう》は止まっているのですから。

Episode

召《しょう》喚《かん》バトル

召喚士《しょうかんし》。それは、特別《とくべつ》な力を持つ能力者《のうりょくしゃ》だ。

彼《かれ》らは、精霊《せいれい》や悪魔《あくま》、伝説《でんせつ》の英雄《えいゆう》などを〈異世界《いせかい》〉から呼《よ》び出すことができる。

そして、呼《よ》び出したものに命じ、自分の代わりに敵《てき》と戦《たたか》わせるのだ。

今、そんな召喚士《しょうかんし》たち同士《どうし》の戦《たたか》いが始まろうとしていた。

「東の召喚士《しょうかんし》アバロンよ。貴様《きさま》と私《わたし》のどちらが最強《さいきょう》の召喚士《しょうかんし》か、決めようではないか」

「いいとも、西の召喚士《しょうかんし》カダルフ。どちらの呼《よ》び出したものが強いか、勝負だ！」

「わかっているな？　我々《われわれ》、召喚士《しょうかんし》同士《どうし》が戦《たたか》う時のルールは」

「ああ。呼《よ》び出せるのは一回だけ。自分の選《えら》んだ最強《さいきょう》の一体で勝負だ。俺《おれ》はもう、その一体を決めている。そいつにすべてを託《たく》す覚悟《かくご》はできているさ」

睨《にら》み合う両者のあいだに一陣《いちじん》の風が吹《ふ》く。

そして、両者が呪文《じゅもん》の詠唱《えいしょう》を始める。

「我《われ》の呼《よ》びかけにこたえよっ、〈悪魔使《あくまつか》いダンダリオ〉！」

「我《わ》がもとに現《あらわ》れよっ、〈召霊師《しょうれいし》グルンドン〉！」

地面から砂煙《すなけむり》が蛇《へび》のように立ち昇《のぼ》り、その中から異形《いぎょう》の影《かげ》が現《あらわ》れる！

「さあ、ここに来いっ、〈魔人使《まじんつか》いドワーレス〉！」

「いでよっ、〈太古の大妖術師《だいようじゅつし》カズンの霊《れい》〉よ！」

空に暗雲が立ち込《こ》め、唸《うな》り声のような雷鳴《らいめい》が轟《とどろ》く。

「さあ、我《われ》のそばにきたれ、異界《いかい》と繋《つな》がりし〈魔人《まじん》ベゼル〉！」

「どうか、力をお貸《か》しください。我《わ》が主《あるじ》〈サモンマスター・ゴラス〉！」

大地が裂《さ》け、その亀裂《きれつ》の奥底《おくそこ》から、禍々《まがまが》しい声と影《かげ》が這《は》いあがってくる。

「我《われ》は、そなたを呼《よ》ぶ、〈異界《いかい》の召喚王《しょうかんおう》ギーアス〉！」

「来るがよいっ、〈暗黒の召喚《しょうかん》女王リリナス〉！」

――この戦《たたか》い、まだまだ始まる気配がない。

○『召喚《しょうかん》バトル』にかくされた意味

とうとう、最強《さいきょう》の召喚士《しょうかんし》を決める戦《たたか》いが始まります。
大迫力《だいはくりょく》の召喚《しょうかん》バトル！　どっちが勝利《しょうり》するのか、気になりますね。
えっ？　いきなりルール違反《いはん》じゃないかって？
呼《よ》び出せるのは一体だけのはずなのに、何体も召喚《しょうかん》しているって？
確《たし》かに、たくさん呼《よ》び出しているように見えますね。
でも、彼《かれ》らはちゃんとルールは守っていますよ。
彼《かれ》らが召喚《しょうかん》したのは、自分と同じ召喚士《しょうかんし》。
しかも、自分よりも強力な力を持つ、伝説《でんせつ》の召喚士《しょうかんし》を呼《よ》び出したのです。
召喚士《しょうかんし》の戦《たたか》い方は〈召喚《しょうかん》〉——なにかを呼《よ》び出すこと。
だから、呼《よ》び出された召喚士《しょうかんし》も、当然《とうぜん》、呼《よ》び出します。
自分よりも強い召喚士《しょうかんし》を。
召喚《しょうかん》された召喚士《しょうかんし》が、また召喚士《しょうかんし》を呼《よ》び、その召喚士《しょうかんし》がまた召喚士《しょうかんし》を呼《よ》び——。

これでは召喚士《しょうかんし》がどんどん増《ふ》えていくだけです。
誰《だれ》と誰《だれ》の戦《たたか》いだったのか、もうわかりません。
こうしているあいだにも召喚士《しょうかんし》はどんどん数を増《ふ》やしていきます。
戦《たたか》いは、まだまだ始まりそうにありません。

Episode

優《すぐ》れた人と天《てん》狗《ぐ》の関《かん》係《けい》

一一八五年。
山口県下関《やまぐちけんしものせき》の壇《だん》ノ《の》浦《うら》というところで、大きな戦《たたか》いがありました。
源氏《げんじ》と平氏《へいし》の最後《さいご》の合戦《かっせん》。
それが〈壇《だん》ノ《の》浦《うら》の戦《たたか》い〉です。
この戦《いくさ》で平氏《へいし》に勝利《しょうり》した源氏《げんじ》の総大将《そうだいしょう》・源《みなもとの》義経《よしつね》。
彼《かれ》はとても強い武将《ぶしょう》でした。
その強さは、どこから来たんでしょう？
なんと、〈天狗《てんぐ》〉なんです。
天狗《てんぐ》とは、赤い顔と長い鼻が特徴《とくちょう》の特殊《とくしゅ》な力を持つ一族です。
彼《かれ》らは時々《ときどき》、その素晴《すば》らしい力を人間に与《あた》えるといわれています。
一説《いっせつ》では、源《みなもとの》義経《よしつね》はこの天狗《てんぐ》から剣術《けんじゅつ》を教わったといわれているんです。

だから、とても強い人は天狗《てんぐ》の教えを受けているのかもしれませんよ。

たとえば、あそこにいる人とか――。

「がっはっは！　見たか、オレサマのこの力!!　この剣《けん》さばきを!!　この素晴《すば》らしい動きと技《わざ》を!!　どうだ、オレサマは最強《さいきょう》だろう!?」

あらあら、大いばりですね。

あのー、ちょっと質問《しつもん》いいですか？

その力って、天狗《てんぐ》からもらったものですか？

「天狗《てんぐ》だあ？　フン、オレサマは天狗《てんぐ》なんかに教わっちゃいない!!　そんなもんには一度も会ったことがねぇからな。天狗《てんぐ》なんて、この世にゃいねぇんだよ!!」

でも、源義経《みなもとのよしつね》さんは天狗《てんぐ》に戦《たたか》い方を教わったという話もありますが……。

「それってホントか？　天狗《てんぐ》に教わったにしちゃあ、大したことねぇな。オレサマのほうが何百倍も強いぜ。いいか、オレサマは生まれつき、この強さを持って生まれた、選《えら》ばれた人間なんだ！　だから、誰《だれ》からも、なんにも教えてもらう必要《ひつよう》はない。むしろ、オレサマが天狗《てんぐ》に教えてやりたいくらいだぜ!!　ガッハッハアッ!!　オレサマこそが最強《さいきょう》だ!!」

なるほど、なるほど。
あなたこそが天狗《てんぐ》だったんですね。

○『優《すぐ》れた人と天狗《てんぐ》の関係《かんけい》』にかくされた意味

大人《おとな》から、「鼻が高いよ」なんて言われたことはありませんか？

これは褒《ほ》められていると思ってください。皆《みな》さんが良《よ》いことをしたり、なにかで優秀《ゆうしゅう》な結果《けっか》を残《のこ》したりすると、それを誇《ほこ》らしく思った大人《おとな》が言う言葉なんです。

「いやあ、立派《りっぱ》な息子を持って、父さん、鼻が高いよ」みたいな感じですね。

一種《いっしゅ》の自慢《じまん》なんですが、同じ鼻が高いでも「天狗《てんぐ》になる」という言葉はどうでしょう。

これは、うぬぼれ屋さんが言われる言葉。自分で自分を優《すぐ》れていると思っている人が、それを得意《とくい》げに話していたりすると、「あいつ天狗《てんぐ》になってんな」とか言われてしまいます。

先ほどの大いばりしていた人なんて完全《かんぜん》にそうです。

自分をオレサマなんて言う人は、だいたい天狗《てんぐ》です。

「天狗《てんぐ》なんていない」って言っている本人が天狗《てんぐ》になっちゃっているんですから、おもしろいですね。

Episode

〈感《かん》情《じょう》〉

ボクは、リミさんのことを好《す》きになってしまったようだ。

この〈感情《かんじょう》〉に気づいたのは、つい最近《さいきん》だ。

初《はじ》めてのことで、どうしていいのかわからない。

だからボクは、ボクの上司《じょうし》であり、この家の執事《しつじ》をしているウエルさんに相談をした。

「なるほど、事情《じじょう》はわかりました。しかし、私《わたし》たちの仕事は、この家に住む方々《かたがた》が快適《かいてき》に暮《く》らせるようにお手伝《てつだ》いをすることです。それ以外《いがい》の余計《よけい》なことを考えてはいけません」

ウエルさんの言うことは正しい。そして、ウエルさんの言うことは絶対《ぜったい》だ。

ボクはこの家で働《はたら》かせてもらっているだけの存在《そんざい》だ。

それ以上《いじょう》でも、それ以下《いか》でもない。

だから、この〈感情《かんじょう》〉は抑《おさ》えなくてはならないんだ。

ある日、リミさんがとても怖《こわ》がっていた。

殺人鬼《さつじんき》が家に忍《しの》び込《こ》み、次々《つぎつぎ》と人を襲《おそ》うという内容《ないよう》のホラー映画《えいが》を見たからだ。

怖《こわ》くて眠《ねむ》れないと言うから、ウエルさんと一緒《いっしょ》に家中の戸締《とじ》まりを確認《かくにん》した。

「これで誰《だれ》もこの家には入ってこられませんよ」と伝《つた》えると、彼女《かのじょ》は安心して眠《ねむ》った。

目が覚《さ》めた時に不安《ふあん》にならないように、ボクは朝まで彼女《かのじょ》のそばにいた。


ある日、リミさんが仕事のことで悩《なや》んでいた。

彼女《かのじょ》はオモチャを作る会社で開発を担当《たんとう》している。そろそろ次のオモチャの企画書《きかくしょ》を出さなくてはならないのだが、アイデアがまったく浮《う》かばないのだそうだ。

少しでもアイデアの足しになればと、ボクも一緒《いっしょ》に朝まで考えた。

その後、リミさんの企画書《きかくしょ》から生まれたオモチャが大ヒットし、世界中で人気となった。

それはボクのアイデアからヒントを得《え》たオモチャだった。

リミさんから感謝《かんしゃ》の言葉をたくさんもらってしまった。

ある日、リミさんが嬉《うれ》しそうにしていた。
好《す》きな人ができたのだと言う。
ボクは祝福《しゅくふく》の言葉を贈《おく》った。
相手は同じ職場《しょくば》の先輩《せんぱい》らしい。
ボクは考えた。
その人はリミさんにふさわしい相手だろうか。
彼女《かのじょ》を不幸《ふこう》にするような相手であってはならない。
その男のことを調べた。
犯罪歴《はんざいれき》はなく、性格《せいかく》は温厚《おんこう》。真面目な性格《せいかく》といっていいだろう。
調査《ちょうさ》の結果《けっか》、悪い人間ではないことがわかった。
ただ、悪くないというだけで、良《よ》いということではない。
古くて狭《せま》いアパートで暮《く》らし、食事はインスタントものばかり。
栄養不足《えいようぶそく》と運動不足《ぶそく》と睡眠不足《すいみんぶそく》で、つねに不健康《ふけんこう》。
貯金《ちょきん》もなく、これといった趣味《しゅみ》もなく、特別《とくべつ》な知識《ちしき》や能力《のうりょく》もない。

家に帰ると就寝《しゅうしん》時間までオモチャのアイデアを考えるだけの毎日。

リミさんの生活環境《かんきょう》とはまったく違《ちが》う。

そして、頭の中が古い。

家の机《つくえ》の引き出しにあった〈アイデアノート〉なるものを読んでみたが、彼《かれ》が考えるオモチャのアイデアは、ひと昔前の発想ばかりだ。つまり、時代遅《じだいおく》れということだ。

彼《かれ》はアップデートができない人間のようだ。

最新《さいしん》の情報《じょうほう》に書き換《か》えができておらず、頭の中が古いままなのだ。

古いものや悪いところは改善《かいぜん》していかなければならないのに、あの男はそれができない。

その影響《えいきょう》は仕事に大きく出ている。リミさんより長く会社にいるから先輩《せんぱい》と呼《よ》ばれて慕《した》われているが、社内での立場は彼女《かのじょ》のほうが上だ。リミさんのほうが斬新《ざんしん》なアイデアのオモチャを開発できるし、リミさんのほうが会社に貢献《こうけん》しているのだから当然《とうぜん》だ。

これで、はっきりした。

あの男は、リミさんのパートナーにふさわしくない。

彼女《かのじょ》には、つねに新しい考え方ができる相手が必要《ひつよう》だ。

自分をアップデートできないような相手は彼女《かのじょ》の人生の邪魔《じゃま》になるだけ。
その点、ボクはリミさんにふさわしいのではないだろうか。
月に一度、必《かなら》ずアップデートをしているのだから。

——ピピッ。アップデート完了《かんりょう》。
こんにちは、リミさん。今日もいい天気ですね。
おや、どうされました？
どうして、泣《な》いているのですか？
どうして、ボクに謝《あやま》るのですか？
どうして、ボクにお礼を言うのですか？
おや、そちらの男性《だんせい》はリミさんの会社の方ですか？
どうぞ、ごゆっくりなさっていってください。
今後とも、リミさんをよろしくお願《ねが》いいたします。

○『〈感情《かんじょう》〉』にかくされた意味

「ボク」は人間ではありません。この家で働《はたら》く、お手伝《てつだ》いロボットです。

彼《かれ》は機械《きかい》ですが、この家に住むリミさんに恋愛感情《れんあいかんじょう》を抱《いだ》いてしまいます。

立場上、その感情《かんじょう》を抑《おさ》えなくてはなりませんが、想いは日に日に強くなります。

そして、リミさんに好《す》きな人ができたと知ると彼《かれ》は暴走《ぼうそう》しだします。

相手の男性《だんせい》の行動を毎日観察《かんさつ》し、家に侵入《しんにゅう》して個人情報《こじんじょうほう》を集めました。

この異常《いじょう》な行動をリミさんは把握《はあく》していました。

人間に〈恋愛感情《れんあいかんじょう》〉を持ってしまうことは、このロボットを開発した企業《きぎょう》も想定していなかったので、これをバグ――つまりコンピューターの不具合《ふぐあい》と判断《はんだん》。最新《さいしん》のアップデートでは、このバグが起きないような処置《しょち》をとったのです。

こうして彼《かれ》は、恋愛感情《れんあいかんじょう》など抱《いだ》かない、ロボットらしいロボットに戻《もど》ったのです。

ちょっと、かわいそうですね。

Episode 罠《トラップ》

砂埃《すなぼこり》の舞《ま》う荒野《こうや》にふたりの女性《じょせい》。

どちらも不敵《ふてき》な笑《え》みを浮《う》かべている。

「今日こそ、あなたの秘密《ひみつ》を暴《あば》いてやるわ、イザベラ」

「ムリよ、ソフィア。私《わたし》はすべてがシークレットなの」

「ふーん。あ、ねえねえ、ちょっとこっちへ来てくれる？」

「その手にはのらないわよ――仕掛《しか》けてあるんでしょ？　〝罠《トラップ》〟」

イザベラはソフィアの足もとを指さす。

ソフィアは屈《かが》み込《こ》むと足もとの地面の砂《すな》を手で払《はら》う。

地面に埋《う》め込《こ》まれていた〝罠《トラップ》〟が姿《すがた》を見せる。

「さすがね、イザベラ。そう簡単《かんたん》には、のらないか」

「こちとら何年もこの秘密《ひみつ》を死守してるのよ。あんまりなめないでくれる？」

鋭《するど》い視線《しせん》を送るイザベラ。

ソフィアはフッと溜《た》め息をつく。

「完敗《かんぱい》よ。もうやめましょう。こっちへ来て一緒《いっしょ》に話さない？」

イザベラは、さらに鋭《するど》く視線《しせん》を尖《とが》らせる。

「……だから、のらないって言ってるの、あんたの〝罠《トラップ》〟には。どうせ、その辺《へん》の地面に、いくつも仕掛《しか》けてあるんでしょ」

「疑《うたぐ》り深いのね。あっそ。わかったわ。今日のところはあきらめてあげる。でも次に会った時は、イザベラ、あなたの秘密《ひみつ》を絶対《ぜったい》に暴《あば》いてやるわ。覚悟《かくご》してね」

「あんたには一生ムリよ、ソフィア」

ふたりは背中《せなか》を向け合う。

そして、振《ふ》り返ることなく、それぞれの道を歩きだす。

イザベラは空を見上げる。

「そうよ。誰《だれ》も私《わたし》の秘密《ひみつ》を暴《あば》くことなんて――」

カシャッ

「――え？」

イザベラはおそるおそる足もとに視線《しせん》を落とす。

その背後《はいご》に影《かげ》が立つ。ソフィアだ。

彼女《かのじょ》はイザベラの肩越《かたご》しに、そっとのぞき込《こ》んでくる。

「油断《ゆだん》したわね、イザベラ――あら、やっぱりあなた、ウソつきさんね。この秘密《ひみつ》、どこに流そうかしら。このウソの罪《つみ》、重いわよ」

イザベラは悔《くや》しさに、噛《か》みしめた歯をギシギシと鳴らす。

「はかったわね……ソフィア」

『罠《トラップ》』にかくされた意味

ソフィアは、イザベラのどんな秘密《ひみつ》を知ろうとしたのでしょう。

その答えはイザベラの最後《さいご》のセリフからわかります。

「はかったわね」

だますことを「謀《はか》る」といいますが、ここではこの字は使いません。

このセリフに合う字は、「量《はか》る」。つまり、重さを調べることです。

イザベラの体重を知りたいソフィアは、体重計をあちこちに仕掛《しか》けていたようです。

「のらないって言ってるの」

そう言っていたのに、油断《ゆだん》したんでしょう。イザベラは仕掛《しか》けられていた体重計にのってしまい、自分が隠《かく》していた体重を相手に知られてしまいました。

このふたり、実は同じモデル事務所《じむしょ》の売れっ子モデルです。ソフィアはイザベラのプロフィールの体重に虚偽《きょぎ》があると疑《うたが》い、本当の体重を暴《あば》いてやろうとしたのです。

この事実をリークすれば、ライバルを蹴落《けお》とせるチャンスですからね。

Episode

また不幸《ふこう》の手紙

これは不幸《ふこう》の手紙という、死神が書いた手紙です。
あなたは五十時間以内《いない》に、同じ文章で三人にこの手紙を出してください。
これを止めると、必《かなら》ずあなたに不幸《ふこう》が訪《おとず》れます。
手紙を止めたアメリカの方は二年後に死んでしまったそうです。
死神に目をつけられてしまったのです。
これは本物です。
必《かなら》ず手紙を出してください。そうすれば助かります。
わたしで46845番目です。

どれぐらいぶりだろう。家に帰ったのは。
郵便《ゆうびん》受けには郵便《ゆうびん》物がたくさんたまっている。

どうせ今の俺《おれ》には意味のないものだろうと届《とど》いたものを見ていたら……。

おいおいおい、不幸《ふこう》の手紙が入っていやがったよ。

「また来たのか。ふざけんなよ、俺《おれ》は信《しん》じて出したじゃねぇか。約束破《やくそくやぶ》りやがって、この大ウソつきが！　それになあ、もう俺《おれ》に来たって意味ねぇぞ!!」

俺《おれ》は手紙をビリビリに破《やぶ》って捨《す》ててしまった。

こいつは間違《まちが》いなく、本物の不幸《ふこう》の手紙だ。

だから、届《とど》いた時点で不幸《ふこう》なんだ。

それにしても、俺《おれ》に二度も送ってくるなんて。

死神ってのは結構《けっこう》、いい加減《かげん》な性格《せいかく》のヤツなんだな。

○『また不幸《ふこう》の手紙』にかくされた意味

ここにも不幸《ふこう》の手紙が届《とど》いてしまった人が……。

「また」と言っているので、どうやらこの手紙が届《とど》くのは二度目のようです。一度目は三人に手紙を出したようですが、今回はウソだと怒《おこ》って破《やぶ》り捨《す》ててしまいました。

一度目は信《しん》じて手紙を出したのに、今はなにをもってウソだと言っているのでしょう。

この人は、不幸《ふこう》の手紙そのものをウソだと言っているのではありません。

この手紙の中に書かれている、ある〈約束事《やくそくごと》〉がウソだと怒《おこ》っているのです。

必《かなら》ず手紙を出してください。そうすれば助かります。

この人は一度目に手紙が届《とど》いた時、この言葉を信《しん》じて三人に手紙を出しました。

ところがその後すぐに不幸《ふこう》な出来事が起き、彼《かれ》は亡《な》くなってしまったのです。

書かれている通りにしたのに話がちがうじゃないか!!

——と、怒《おこ》っているわけです。

そういった意味では、これは本物の「不幸《ふこう》」を呼《よ》ぶ「手紙」でした。手紙が届《とど》いたことが彼《かれ》にとっての最大《さいだい》の不幸《ふこう》だったんです。

幽霊《ゆうれい》となった彼《かれ》がすっかり廃《すた》れて空き家となった我《わ》が家に帰ってみると、なんと二通目の手紙が届《とど》いているではありませんか。心の底《そこ》から呆《あき》れました。自分は死んでしまっているわけですから、これ以上《いじょう》の不幸《ふこう》なことは起きません。

いったい誰《だれ》が、こんな無意味《むいみ》なことを——。

誰《だれ》だと思います？

この手紙を彼《かれ》に出したという人の番号を見てください。

４６８４５番目。——これは、あの死神が出した手紙だったのです。

本当にいい加減《かげん》ですね……。

Episode

先にいくもの

遊ぶ時も、お風呂《ふろ》の時も、宿題をする時も、留守番《るすばん》の時も。
いつも三人だった。
ぼくは長男。いちばん年上で、いちばんのお兄ちゃんだ。
だから、いちばんガマンしなくちゃいけない。
お菓子《かし》が二個《こ》しかなかったら、ぼくはガマンして下の弟たちにあげた。
本当は食べたくても、いちばんのお兄ちゃんだからガマンしなくちゃダメなんだ。
新しいゲームを買ってもらった時も、弟たちに先に遊ばせてあげた。
本当はぼくがいちばんに遊びたかったけど、ガマン、ガマン。
ぼくがそうしてガマンをすると、パパやママが褒《ほ》めてくれるんだ。
「さすが、いちばんのお兄ちゃん、えらいね」
褒《ほ》められることなんて、ぼくはしてないよ。

いちばんお兄ちゃんだから、いちばんガマンしているってだけだから。
それに、大変《たいへん》なんて思ったことは一度もないよ。
いちばんのお兄ちゃんは、弟たちのお手本にならなくちゃ。
ぼくは、弟たちが大切なんだ。
三人でいると楽しいし、ずっと三人でいたいもん。
ずっとずっと、いつも、いつまでも、この三人でいたいんだ。
でも、わかってる。
いつかは、ひとりでいることにガマンしなくちゃならない時が来るって。

冬のとても寒い日だった。
いちばん下の弟が、先にいってしまった。
まだ、三十だった。
なんで？　早すぎるよ。
ぼくの声は、もう届《とど》かない。

それからすぐ、もうひとりの弟もいってしまった。
まだ四十だったのに。
ぼくは、ひとりぼっちになってしまった。
ひどいよ。ふたりとも、ぼくより先にいっちゃうなんて。
ぼくは、もう少しいるよ。
だって、いちばんのお兄ちゃんだから。
もう、こんなに皺《しわ》だらけになってしまったけれど。
百までガマンして、がんばるよ。

○『先にいくもの』にかくされた意味

ずっと一緒《いっしょ》にいられるものだと思っていたのに、突然《とつぜん》のお別《わか》れが来ることもあります。

仲《なか》の良《よ》かった友だちが急に転校してしまう。

親友と大ゲンカをしてしまい、それっきり会わなくなってしまう。

もっと、つらくて悲しいお別《わか》れもあります。

死別《しべつ》です。

この言葉は文字通り、大切な人が死んでしまって、もう会えなくなることです。

どの別《わか》れも、寂《さび》しくて悲しいです。

だから家族や友だちを大切にし、皆《みな》さんがおばあちゃん、おじいちゃんになるまで、ずっと一緒《いっしょ》に仲良《なかよ》くしていきましょう。

しんみりしてしまいましたが、この話はそんなに悲しいお別《わか》れの話ではありません。

お風呂《ふろ》の話です。

いつも三人で入って、百を数えてから一緒《いっしょ》に出るのに。

この日、弟たちは百を数える前にお風呂《ふろ》から出ていってしまいました。
見たいテレビ番組がやっているからです。
とても寒い日だから、しっかり百まで数えて温まってから出ないといけないのに。
いちばん下の弟は、三十を数えたところで出てしまいました。
もうひとりの弟は、四十を数えたところで出てしまいました。
いちばん上のお兄ちゃんも早くテレビを見たかったのですが、ここはガマン。
いちばん上のお兄ちゃんですから、お手本にならないといけません。
ひとりで寂《さび》しいですが、しっかり百まで数えてから出ました。
手はすっかりふやけて、シワシワになりました。

Episode

引きこもり卒《そつ》業《ぎょう》

独《ひと》り立ちしようと親もとを離《はな》れ、都会で暮《く》らし始めて一年半。

僕《ぼく》はずっと職《しょく》にもつかず、家に引きこもっていた。

なんにもやる気が起きなくて、毎日をダラダラとすごすだけ。

太陽の出ている時間はほとんど家の中。

夜になるとたまに外へ散《さん》歩《ぽ》に行って、ぼんやり月を眺《なが》めたりしている。

人とも会わないから、身だしなみとかも気にならない。

いつも、髪《かみ》や髭《ひげ》はボウボウだ。

こんな僕《ぼく》を心配して、お母さんからよく電話がかかってくる。

「あなた、最《さい》近《きん》ずっと部屋にこもりっきりでしょ？　たまには外に出て、ちゃんと日の光に当たらないとダメじゃない」

「散《さん》歩《ぽ》はしてるよ。まあ、夜ばっかだけど」

「えっ⁉　だめだめ！　夜なんて！　危《あぶ》ないじゃないの！」

「平気だって。ちゃんと気をつけてるから」

「んもう……お母さんは、あなたのことが本当に心配なのよ」

わかってるよ。僕《ぼく》だって、親に心配なんかさせたくない。いい大人《おとな》なのに仕事もせず、親から仕送りをしてもらって暮《く》らしている自分が、本当になさけないって思ってる。

でも、仕事がなかなか見つからないんだ……。

今は就職難《しゅうしょくなん》。仕事をしたい人が多いのに、働《はたら》けるところが少ないんだって。

そのうえ僕《ぼく》は、なんの特技《とくぎ》もないし、資格《しかく》も持っていない。他の仕事の経験《けいけん》もゼロ。

もう何十社も面接《めんせつ》に行ったけど、どこも僕《ぼく》を採用《さいよう》してくれなかった。

だから、仕事を見つけるのはもう、あきらめてしまったんだ。

「あなたは他の人と違《ちが》うから、この社会で生きていくことはとても大変《たいへん》でしょう。でも、なじんでいかないとダメなの。夜の散歩《さんぽ》なんかじゃなくて、日の当たるところをしっかりと歩いてほしいの。もし、あなたがなにかをしちゃって捕《つか》まったりしたら、お母さん、ワオーン、ワオーンって、毎日を泣《な》いてすごすことになるのよ？」

「わかってるよ……」

わかってるんだ。このままじゃ、だめだって。

なんとかしないといけないんだって。

「ねえ、お母さん……僕《ぼく》、そろそろ本気を出すよ」

「えっ、なにを出すって？」

「本気だよ。今度こそ本気で仕事を探《さが》してみる」

「えっ、ほんと？　んまあ……うれしいわ！　お母さん、応援《おうえん》する！」

「僕《ぼく》だってイヤなんだ。こんな生活は。だから仕事を見つけて、引きこもりから卒業《そつぎょう》するよ。まあ、その前に面接《めんせつ》に受かんなきゃだけど……」

「そうね、まずは面接《めんせつ》をがんばらないとね。あっ、そうそう、面接《めんせつ》に行く時は、伸《の》びっぱなしの髭《ひげ》、ちゃんと剃《そ》っていくのよ？　だらしないって印象《いんしょう》がついちゃうからね」

「うん。忘《わす》れずにしっかり髭《ひげ》も剃《そ》って、きれいな服を着ていくよ」

それから僕《ぼく》は必死《ひっし》に仕事を探《さが》した。

しばらく夜の散歩《さんぽ》も、月をぼんやり眺《なが》めるのもやめた。

数えきれないくらい面接《めんせつ》に落ちたけど、それでも僕《ぼく》はあきらめなかった。

引きこもりから卒業《そつぎょう》するって、お母さんに約束《やくそく》したからだ。

努力《どりょく》って、してみるもんだね。

ついに、僕《ぼく》は働《はたら》ける場所を見つけたんだ。

警備員《けいびいん》の仕事だ。

お母さんに報告《ほうこく》しようと思ったけど、まだやめておいた。

ちゃんと働《はたら》きだして、生活が落ち着いてからにしようと思ったんだ。

そのほうが安心してくれるだろうから。


「さあて、そろそろ出る時間だな」

髭《ひげ》もきれいに剃《そ》ってサッパリした僕《ぼく》は、ちょっと早いけど家を出た。

今日は初出勤《はつしゅっきん》の日なんだ。

僕《ぼく》の働《はたら》く時間帯《じかんたい》は夜。仕事の内容《ないよう》は、夜間のデパート警備《けいび》だ。

「今日から僕《ぼく》も社会人か――」

緊張《きんちょう》と不安《ふあん》もあるけど、引きこもり生活から一歩、前に踏《ふ》み出せたことが嬉《うれ》しい。

とても清々《すがすが》しい気分だ。いつもより、夜風が心地よく感じる。

まん丸の月も、僕《ぼく》を応援《おうえん》してくれているみたいだ。

ウオオオオン！　がんばるぞおおお！


「今日からお世話になります。よろしくお願《ねが》いします」

デパートの守衛室《しゅえいしつ》に着くと、今夜一緒《いっしょ》に働《はたら》く先輩《せんぱい》に挨拶《あいさつ》をした。

第一印象《いんしょう》は大事だって、お母さんに言われたんだ。

挨拶《あいさつ》と身だしなみは、ちゃんとしなさいって。

先輩《せんぱい》は眉間《みけん》に皺《しわ》をつくり、「んー？」という顔をする。

「えっと、ごめんね、どちらさん？」

「あ、はい。田中《たなか》です」

「ああ、今日からの人ね。なんか聞いてた感じと違《ちが》うな……ま、いいか。よろしくね」

「はい、いろいろと教えてください」

「いろいろか。んじゃあ、ひとつ教えとこうかな」

ちょっと言いづらそうに先輩《せんぱい》は続《つづ》ける。

「その、髭《ひげ》なんだけどさ、もうちょっと剃《そ》ったほうがいいかもね。ほら、社会人の身だしなみとしてね」

髭《ひげ》……？

僕《ぼく》は自分の顔に、そっと指で触《ふ》れる。

げげっ！　しまったっ！

すっかり忘《わす》れてた！

○『引きこもり卒業《そつぎょう》』にかくされた意味

仕事も決まり、これでめでたく引きこもりから卒業《そつぎょう》。社会人デビューです。
挨拶《あいさつ》もちゃんとできたし、第一印象《いんしょう》もバッチリかと思ったら、あらら……。
身だしなみについて、先輩《せんぱい》から注意されてしまいました。
出かける前に、ちゃんと髭《ひげ》は剃《そ》ってきたはずなのに……。
まさか、家を出てから職場《しょくば》に着くまでのあいだに伸《の》びちゃったとか？
――はい。その、まさかです。
彼《かれ》の正体は〈狼男《おおかみおとこ》〉なんです。
今風にいうと〈人狼《じんろう》〉でしょうか。
普段《ふだん》は人間の姿《すがた》をしていますが、満月《まんげつ》を見ると全身に毛が生えて、獣人《じゅうじん》と化します。
そういえば、仕事に行く途中《とちゅう》で思いっきり満月《まんげつ》を見ちゃってましたね。
いつもは彼《かれ》も気をつけているんですが、今日は人生初《はつ》の出勤《しゅっきん》。ちょっと舞《ま》い上がってい
たみたいです。オマケに遠吠《とおぼ》えっぽい声まで上げちゃっています。

自分が変身《へんしん》したことに気づかないまま、仕事に行っちゃったんですね。

彼《かれ》は今、顔中が毛だらけです。

でもこれ、髭《ひげ》というか体毛ですよね。

鋭《するど》く伸《の》びた爪《つめ》や牙《きば》は見られていないので、幸《さいわ》い、職場《しょくば》の先輩《せんぱい》には狼男《おおかみおとこ》であることはバレていないようですが……第一印象《いんしょう》はよくなかったかも……。


お母さんが「夜の散歩《さんぽ》」をダメだと言った理由は、これなんです。

すぐ、獣人《じゅうじん》になっちゃうからです。

もし、狼男《おおかみおとこ》であることが人間にバレたら大変《たいへん》。捕《つか》まって、どんな目に遭《あ》わされるかわかりません。変《へん》な実験《じっけん》や解剖《かいぼう》をされてしまうかも……。

だから息子には夜ではなく、日の当たる時間に活動してほしいんです。

そして、早く人間社会になじんでもらいたいんです。

でも今後は、夜の仕事は控《ひか》えたほうがいいかもしれませんね。

Episode

怒《おこ》ってます

あああ！　腹立《はらた》つ！

ほんっと、アイツラはひどいぜ。

あっ？　なにがひどいかって？

そんなの決まってるだろ。オレたちの名前だよ。

オレたち、そんなにバカにされるような変《へん》なことしたか？

そりゃさ、地面の上だと動きも鈍《にぶ》いし、警戒心《けいかいしん》もあまりないから、すぐ捕《つか》まっちまうよ。

そういうところをバカにして付《つ》けた名前なんだろ？　知ってるよ。

でもそれならよ、動きがおそい感じの名前にすりゃいいじゃんか。

それが、なんなんだよ……このひどい名前。センスの欠片《かけら》もねぇよ。

こんなの、ただの悪口じゃねぇか。

あのなあ、これでもオレたち、特別天然記念物《とくべつてんねんきねんぶつ》なんだぜ？

○『怒《おこ》ってます』にかくされた意味

かなり怒《おこ》っていますね。
自分たちに付《つ》けられた名前にそうとう不満《ふまん》があるようです。
悪口みたいな名前って、どんな名前なんでしょう。
その名前を付《つ》けられた理由も変《か》わっています。
地面の上での動きが鈍《にぶ》いからとか、警戒心《けいかいしん》がなくて捕《つか》まっちゃうからとか。
確《たし》かに、彼《かれ》らは地上での行動は得意《とくい》ではなさそうです。
いつもは空を飛《と》んでいるんですから。
そうです。彼《かれ》らは鳥なのです。
しかも、特別天然記念物《とくべつてんねんきねんぶつ》なんですって！　すごい！
すごいけど、名前が残念《ざんねん》なんですね。
皆《みな》さん、悪口みたいな名前の鳥に心当たりはありませんか？
ほら、いるでしょ。

アホウドリ。

うん。確《たし》かにこれは悪口。まったく嬉《うれ》しくない名前です。

「馬鹿鳥《ばかどり》」なんて身もふたもない名前で呼《よ》んでいる地域《ちいき》もあるそうです。

本人も言っている通り、地上だと動きが鈍《にぶ》くて警戒心《けいかいしん》もないため、すぐに人間に捕《つか》まってしまうことから付《つ》けられた名前らしいんです。そのせいで今は絶滅危惧種《ぜつめつきぐしゅ》の大変希少《たいへんきしょう》な動物だというのに、ちょっとひどすぎますね。

特別天然記念物《とくべつてんねんきねんぶつ》なんですから、もっと特別《とくべつ》な良《よ》い名前にしてあげたいです。

Episode

心の奥《おく》に秘《ひ》めた言葉

「本日はお集まりいただき、ありがとうございます」

記者たちの前に現《あらわ》れたのは、紫《むらさき》色《いろ》のスーツを着てサングラスをかけた怪《あや》しげな男。

『全ニッポン超能力《ちょうのうりょく》センター』の会長・マギック健《けん》だ。

彼《かれ》はかつて、日本中に超能力《ちょうのうりょく》ブームを巻《ま》き起こした人物。

『超能力《ちょうのうりょく》で世界を平和に！』を目標《もくひょう》に掲《かか》げ、超能力者《ちょうのうりょくしゃ》の発掘《はっくつ》と育成《いくせい》に力を注いできた。

これまで彼《かれ》が世に送り出した超能力者《ちょうのうりょくしゃ》は二十五人。

みんな一時はテレビでも活躍《かつやく》していたが、ブームが去った今、その姿《すがた》をほとんど見ることはなくなった。

ブームにトドメをさしたのは、十年前に出た週刊誌《しゅうかんし》の記事だった。マギックの育てた超《ちょう》能力者《のうりょくしゃ》をニセモノだと報《ほう》じたのだ。

実際《じっさい》、超能力《ちょうのうりょく》とうたいながら彼《かれ》らが披露《ひろう》していたのは、トリックのあるマジックだった。

その後、マギックはテレビ業界から消え、しばらくのあいだ沈黙《ちんもく》していたのだが――。

「本日は記者の皆《みな》さまや、この会見をテレビで見ている視聴者《しちょうしゃ》の皆《みな》さまに、ぜひともお伝《つた》えしたいことがあり、こうして会見を開きました。みなさーん！　聞いてくださーい！」

突然《とつぜん》、大げさな身振《みぶ》り手振《てぶ》りで話しだした。

「私《わたし》はとうとう出会えたのです！　本物の超能力者《ちょうのうりょくしゃ》に！」

マスコミの取材陣《しゅざいじん》は失笑《しっしょう》する。

だが、マギックは自信《じしん》に満《み》ちた笑《え》みを浮《う》かべていた。

「ええ、ええ。わかっていますとも。どうせ、ウソだろうと言うのでしょう？　また私《わたし》を詐欺師《さぎし》、ペテン師《し》と呼《よ》ぶのでしょう？　よろしい。これから、奇跡《きせき》をご覧《らん》にいれます」

マギックがパンパンと手を叩《たた》く。

すると、おどおどしながらチャイナドレスの少女が登場する。

「彼女《かのじょ》はミラクル・ヒトミ。人が心の奥底《おくそこ》に隠《かく》している秘密《ひみつ》を知ることができる、〈奇跡《きせき》の目〉を持っています」

記者のひとりが手を挙《あ》げる。

「それは人の心を読めるってことですか？」

「そうです。どんな秘密《ひみつ》でも、この目からは隠《かく》せません。私《わたし》は彼女《かのじょ》のこの力で、社会のあらゆる不正《ふせい》やウソを暴《あば》き、正しい世界を作っていこうと考えています」

別《べつ》の記者が半笑《はんわら》いで手を挙《あ》げる。

マギックのウソを暴《あば》いた週刊誌《しゅうかんし》の記者だった。

「そんなこと言って、また、ただのマジックを披露《ひろう》するんじゃないんですか？」

「いいえ。彼女《かのじょ》の力は本物です。それを今から証明《しょうめい》します」

マギックはヒトミの肩《かた》に手をおく。

「さあ、ヒトミ。ここにいる誰《だれ》でもいい。心の奥《おく》に隠《かく》している秘密《ひみつ》を暴《あば》いてやりなさい。ほら、私《わたし》を追い込《こ》んだ、そこの週刊誌《しゅうかんし》の記者さんでもいいぞ」

ヒトミは会場に集まった記者たちの顔を見渡《みわた》す。

記者たちの何人かは目をそらした。なにかバレたらマズイことがあるのだろう。

ヒトミは本物の超能力者《ちょうのうりょくしゃ》だ。

人が心の奥《おく》に秘《ひ》めている想いが文字で見えるのだ。

この会場にいる誰《だれ》もが、様々《さまざま》な想いや秘密《ひみつ》を押《お》し隠《かく》し、胸《むね》の奥《おく》にしまい込《こ》んでいる。

ヒトミは、この場にいるひとりを選《えら》んだ。

そして、その心の奥底《おくそこ》にある言葉を大声で言い放つ。

「超能力《ちょうのうりょく》で正しい世界を作る？　うそつき！　ただお金が欲《ほ》しいだけのクセに！」

○『心の奥《おく》に秘《ひ》めた言葉』にかくされた意味

ミラクル・ヒトミは誰《だれ》の心の奥《おく》を見たのでしょう。

記者たちでも、会場のスタッフでもありません。

自分自身です。

ヒトミの能力《のうりょく》は生まれつきのものでした。その噂《うわさ》を聞いたマギックは彼女《かのじょ》の親にかけあい、その力は正しく使うべきだとか、芸能《げいのう》方面で仕事をしたいなら面倒《めんどう》を見てやるとか言って、自分の経営《けいえい》する『全ニッポン超能力《ちょうのうりょく》センター』に引き込《こ》んだのです。

そんなマギックの心の奥《おく》もヒトミはずっと見ていました。

マギックは超能力《ちょうのうりょく》を見せ物にして、お金を稼《かせ》ぎたいだけの男です。

自分も彼《かれ》の欲望《よくぼう》のために利用《りよう》されていることをヒトミはわかっていました。

だから超能力《ちょうのうりょく》を使わず、自分の本心を訴《うった》えたのです。

マギックは大恥《おおはじ》をかいてしまいました。

Episode

『こちら探偵《たんてい》高校二年A《エー》組――最終章《さいしゅうしょう》』

とうとう、僕《ぼく》たちの学校で殺人事件《さつじんじけん》が起きてしまった。

犠牲《ぎせい》となったのは朱地《あけち》先生だ。生徒《せいと》たちにもっとも人気のあった教師《きょうし》で、探偵《たんてい》高校で教鞭《きょうべん》をとりながら、現役《げんえき》の探偵《たんてい》として数々《かずかず》の事件《じけん》を解決《かいけつ》してきた。さらにベストセラーを連発《れんぱつ》する売れっ子ミステリー作家という顔も持っている。

僕《ぼく》たちは、この事実を受け止めたくなかった。

でも残酷《ざんこく》な現実《げんじつ》として、目の前に朱地《あけち》先生の死体が横たわっている。

「どうして先生が、こんなことに……」

「やだ……死なないで、先生!!」

「俺《おれ》たち、まだまだ先生から教わりたいことがあるんだよ!」

「お願《ねが》いだから目を開けて……朱地《あけち》先生……」

絶望《ぜつぼう》にうちひしがれた僕《ぼく》は、ガクンと床《ゆか》にヒザをついた。

朱地《あけち》先生のような名探偵《めいたんてい》になることを目標《もくひょう》に今まで頑張《がんば》ってきたのに……。

「……ん？」

うつぶせに倒《たお》れている朱地《あけち》先生の手元に目がいった。

床《ゆか》になにかが書かれている。

これは……字だ。

朱地《あけち》先生が、自分の血と指で書いたものだ！

「みんな、これを見ろ！　朱地《あけち》先生のダイイング・メッセージだ！」

それは、事件《じけん》の犠牲者《ぎせいしゃ》が命尽《つ》きる前に残《のこ》すメッセージ。

死者から託《たく》された、事件《じけん》の重要《じゅうよう》な鍵《かぎ》だ。

「ほんとだ……」

「え、でも、この名前って……」

「こいつが……先生を殺《ころ》した犯人《はんにん》ってことなのか？」

「そんな、まさか……なんであいつが……」

「先生、うそでしょ……これって……本当なの？」

僕《ぼく》は先生の亡骸《なきがら》にたずねた。

「教えてください、朱地《あけち》先生。これは、あなたを殺害《さつがい》した犯人《はんにん》の名前なんですか？」

朱地《あけち》先生が自分の血で書き残《のこ》した人物の名。

それは——。

それは——。

それは……それは……。

えーと……。うーんと……。

……んん、んんんんんんんんんんん。

「もう限界《げんかい》です!!　先生、これ以上《いじょう》は無理《むり》です！　はやく犯人《はんにん》を!!」

○『こちら探偵《たんてい》高校二年A《エー》組──最終章《さいしゅうしょう》』にかくされた意味

探偵《たんてい》を育成《いくせい》する学校で起きてしまった殺人事件《さつじんじけん》。

物語はクライマックスなのに、まだ犯人《はんにん》の名前が出てきません。

いつになったら、犯人《はんにん》と事件《じけん》の真相がわかるのでしょう。

実は、この話にはふたりの「先生」が登場しています。

まず、犠牲《ぎせい》となった朱地《あけち》先生。

そして、この「物語」を書いている作家の先生です。

この話、ある作家の書いた長編小説《ちょうへんしょうせつ》の最終章《さいしゅうしょう》なのです。

残念《ざんねん》ながら、この作品はまだ完成《かんせい》していません。

最終章《さいしゅうしょう》の途中《とちゅう》で作家の筆が止まってしまったのです。

その理由は、まだ犯人《はんにん》を考えていなかったから──。

ミステリー小説《しょうせつ》は、先に真相や犯人《はんにん》を考えたうえで書きたいものです。でも、作家によって書き方は様々《さまざま》。行き当たりばったりでストーリーや展開《てんかい》を考える人もいます。

でもさすがにもう犯人《はんにん》を考えなくてはいけません。
なぜなら、作家には必《かなら》ず「しめきり」があるからです。
それは、原稿《げんこう》を書きあげなければならない期限《きげん》。
その期限《きげん》内に完成《かんせい》させ、編集者《へんしゅうしゃ》に渡《わた》さないと本は出せません。
この話の最後《さいご》の台詞《せりふ》は、先生の原稿《げんこう》を待ち続《つづ》けている編集者《へんしゅうしゃ》の叫《さけ》びです。
なんだか、他人事ではない話です……。

Episode

シンデレラ・オールナイト

シンデレラは今日も朝から晩《ばん》まで、お家《うち》のお掃除《そうじ》です。

雑巾《ぞうきん》で窓《まど》をゴッシゴシ。はたきで埃《ほこり》をパッタパタ。

竹のほうきで、床《ゆか》をサッサ、サッサ。

そこに、いじわるな義理《ぎり》の姉たちと、義理《ぎり》の母親がやってきました。

姉たちはきれいなドレスを着て、たっぷり、おめかししています。

「それじゃ、わたしたちはお城《しろ》の舞踏会《ぶとうかい》に行ってくるから〜」

「わたしたち、ご馳走《ちそう》を食べてくるから、あんたはちゃんと留守番《るすばん》しとくのよ〜」

姉たちはいじわるな笑《え》みを浮《う》かべながら言いました。

母親は厳《きび》しい目でシンデレラをキッと睨《にら》みます。

「いいかい。わたしたちが帰るまでに家をきれいにしておくんだよ、シンデレラ」

「……はい。いってらっしゃいませ。お母さま、お姉さまたち」

しょんぼりした気持ちで、母親と姉たちを見送るシンデレラ。
顔を上げ、遠くに見えるお城《しろ》を見つめます。
あそこでは今夜、華《はな》やかな催《もよお》しが開かれるのです。
ご馳走《ちそう》がたくさん出るのでしょう。美しい音楽が流れるのでしょう。
しかも、今夜の舞踏会《ぶとうかい》では、王子様がお嫁《よめ》さんを探《さが》すのだとか。
「いいなあ……わたしも行きたいなぁ……でも……」
シンデレラは、自分の握《にぎ》っている竹のほうきを恨《うら》めしげに見つめます。
母親と姉たちに、お留守番《るすばん》とお掃除《そうじ》を言いつけられているのです。
サボったりなんかしたら、グチグチと嫌味《いやみ》を言われることでしょう。
でも、でも、でも。
こんなのズルイです。
シンデレラだって、きれいにおめかししたいです。
お城《しろ》でおいしいものを食べて、華《はな》やかな場所で楽しく踊《おど》りたいのです。
シンデレラは、竹のほうきをギューーッと握《にぎ》ります。

「よしっ！　わたしも行っちゃおっと！」

そうと決めたら、善《ぜん》は急げです。

パッと、きれいなドレスに着替《きが》え、パッと、お化粧《けしょう》もバッチリ。

パッと、ガラスの靴《くつ》を履《は》いたら、お城《しろ》まで、ひとっ飛《と》び！

先に行った姉たちを追い越《こ》して、お城《しろ》に到着《とうちゃく》です！

こうしてシンデレラは、豪華《ごうか》な食事に舌鼓《したつづみ》を打ち、オーケストラの奏《かな》でる美しい音楽に耳を傾《かたむ》け、朝日が顔を出すまで踊《おど》り明かしました。

もちろん、王子様のハートも射止《いと》めましたよ。

○『シンデレラ・オールナイト』にかくされた意味

シンデレラは、いじわるな義理《ぎり》の姉たちや義理《ぎり》の母親に毎日こき使われ、いつも泣《な》いて暮《く》らしているかわいそうな娘《むすめ》というイメージですが、この話のシンデレラは違《ちが》います。

メソメソ、なんてしません。自分の気持ちに正直に行動します。

ドレスを着て、きれいにおめかしをして、いざお城《しろ》へ！

華《はな》やかな舞踏会《ぶとうかい》に参加《さんか》し、時間も気にせずオールナイトで楽しみました。

王子様ともめでたく結《むす》ばれ、とんとん拍子《ひょうし》で幸せコースまっしぐらです。

おや？　そういえば、とても重要《じゅうよう》な人物が出てきませんでしたね。

『シンデレラ』といえば、魔法《まほう》で色々《いろいろ》と手助けしてくれる魔法使《まほうつか》いがいたはずです。

カボチャの馬車も出てきませんでした。

それもそのはず。このシンデレラに馬車は必要《ひつよう》ありません。

馬車より、もっと速くてコンパクトな乗り物を持っているからです。

毎日、掃除《そうじ》に使っている、竹のほうきです。

シンデレラは、竹のほうきにまたがってお城《しろ》まで飛《と》んでいったのです。
そうです。
このシンデレラ、実は魔法使《まほうつか》いだったんです。
だからきれいなドレスも「パッ」と出せますし、お化粧《けしょう》だって「パッ」とできます。
魔法《まほう》が解《と》ける十二時になっても、また魔法《まほう》をかければ美しいドレス姿《すがた》のまま。
だから、朝まで舞踏会《ぶとうかい》を楽しめたんです。
こんなシンデレラも、いいですよね。

Author＝Shiro Kuro

Illust＝Mizutame Tori

黒史郎

小説家。おもにホラー系。妖怪や怪談などのテーマが多い。アニメやゲーム、映画の仕事もしている。趣味は昭和オカルト記事集め。

水溜鳥

北海道在住のイラストレーター。アプリゲームを中心に公式絵やグッズイラストを担当。2020年に画集を出版した。

かくされた意味に気がつけるか？

3分間ミステリー

表の顔と裏の顔

Can you notice

the hidden meaning?

3 minutes mystery

発行　2025年4月　第1刷

著者：黒史郎

発行者：加藤裕樹

編集：大塚訓章

発行所：株式会社ポプラ社

〒141-8210 東京都品川区西五反田 3-5-8

JR目黒MARCビル12階

ホームページ www.poplar.co.jp

印刷・製本：中央精版印刷株式会社

編集協力：株式会社エレファンテ

カバー・本文デザイン：杉山 絵

©Kuro Shiro 2025　ISBN978-4-591-18581-0　N.D.C.913　191P　19cm　Printed in Japan

P4900403